昭和とわたし

澤地久枝のこころ旅

澤地久枝

文春新書

1231

昭和とわたし　澤地久枝のこころ旅◎目次

澄んだ過去

Ⅳ　もの書きになってから　出会ったひと・考えたこと　113

「黙殺」とスターリン／原爆投下を正当化する「口実」
ポツダム宣言の受諾がひきのばされた理由／原爆投下に問う／松本重治の「男だて」
石川啄木に祈る／節子が完成させた啄木の人生／ものかきとしての誇り
身についたヨロイ／話を聞くコツ／混沌をくぐりぬける確かな方法
「自分史」を書くならば／人生の案内人／志村喬夫人の忠告／志村喬がたどりついた境地
高倉健のひと言／青山通りで見かけた藤原義江／平林たい子の断言
佐多稲子の「終の衣裳」／柳家小三治に惚れて／井上ひさしへの約束
小田実が繰り返し言ったこと／北御門二郎が愛したトルストイの言葉／中村哲を誇る
巨きな人、中村哲／大岡昇平への追慕／大岡昇平の口調／日の丸と大岡昇平
大岡昇平の涙の粒は／戦争を知らない人間は／譲れないもの／自分に課したこと
高度成長の人柱／働き者の悲しい祈りに／そんな繁栄はいらない
「知る権利」をから念仏にせぬために／アメリカの同盟軍ということは
貧しさの裏返し／「誰が産むか」と思ってほしい
茨城県東海村臨界事故に寄せて／フクシマを失って
おなじ過ちを繰り返す国／官庁の体質は変わらず／トルストイの言葉

Ｖ　心の海にある記憶　静かに半生をふりかえる　*179*

構成・注 石田陽子

序　その仕事を貫くもの

昭和五年（一九三〇）秋。澤地久枝は東京・青山に生まれる。戦前・戦中を旧満洲で過ごし戦後を生き抜いた彼女は、なにかに導かれるように、もの書きの道へ。一作目の『妻たちの二・二六事件』を上梓したのは四十二歳のときだった。以来、ノンフィクション作家として数多くの著作を発表してきた。主なテーマは昭和史、戦争史である。その作品群を貫くものはなにか。随筆のなかからエッセンスを少しく紹介する。

時間が忘れ去った人びとを書きとめる

誰の心の底にも、忘れかねる人、なつかしい人、謎のような問いかけを送りつづけてくる人はあろうと思う。会ったことのある人に限定はされないし、実在した人物でなくてもいい。なぜか理由はいえなくても、ある日ふと気づくと、「その人」がかたわらに寄りそっているように身近に感じられる。そういう経験をおもちではないだろうか。

一九七二年二月にさいしょの本『妻たちの二・二六事件』を出したが、昭和の歴史を調べているとき、ずっと心にかかっていた「妻たちのその後」が主題になっている。

もの書きとして、わたしの心にはいつもよく似た状況がひそんでいたことを思う。わたし自身の生れ、育ち。夜間学生としての五年、編集者生活の九年と助手生活約十年。文章を書いて暮すことを予想もしなかった四十年近い年月を生きるうちに、わたしは「気にかかる」多くの人に出会っていた。

編集者時代、その一部はプランに反映されたし、直接会いにいって話を書かせてもらう機会に恵まれもしている。もの書きとなってからは、精いっぱいの努力をして、わたしをつなぎとめている人の取材や調査をし、書こうとした。

『あなたに似たひと』、『昭和史のおんな』の正続、『石川節子』と書き出してみると、圧倒的に女性が多い。しかしある女性の人生を書くことは、深いつながりをもった特定の男性をぬきにしては成立しない。

わたしがやろうとしてきたことは、男女の別を問わず、時間が忘れ去り、歴史の記述からはぬけ落ちた人びとをささやかながら書きとめる仕事であった。

『昭和・遠い日　近いひと』

＊二・二六事件……昭和十一年（一九三六）二月二十六日、政府の要人らを排除し国家改造を実現しようと、陸軍将校らが起こしたクーデター未遂事件。将兵千五百名余を動員し蔵相・内大臣らを殺害。首相官邸を中心に首都中枢を占拠したが二十九日、ほとんどが原隊復帰。

責任の所在をもとめて

二・二六事件で、叛乱罪《はんらん》に問われて銃殺刑に処された青年たちの妻を書いた本からわたしは出発したのだが、いつか第二次世界大戦の彼我の戦死・戦争死とその遺族がわたしの関心の中心になった。

今ではその理由ははっきりしている。歴史によって恣意的に選びだされ、のぞみもしなかった戦場でむかえた死。あるいは空襲や原爆という、日常生活の場へ男女老若の別なくおそいかかってきた戦争死。その死に責任があるのは誰なのか、歴史の行間に埋没させられたこれらの死者たちは、もし声があるならなにを語るのだろうかという思い。現在に死者をよみがえらせ、あるべき「歴史」のひとこまとしてとどめたいとひそかに考えることから、わたしのテーマはみちびきだされてくる。それは、「お墓の下へもってゆくつもりでいたのに」と言われるような、遺された女性たちの重い沈黙へたちいってゆく動機にもなった。

『死の変容　現代日本文化論6』

かなしみを抱いて

私はずっと忘れられた死者を書きおこす仕事をしてきた。意図してのことではなく、気がついたらそういうテーマに出会う結果になっていた。

書くという仕事は、読書の習慣が消えてゆきつつある今、ときにはむなしい。私自身の力が及ばないということもある。人々をたずね、癒《い》えた傷痕《きずあと》をはぐようなことを聞きながら、いったい自分にはなにができたのかと自問自答するかなしみを抱いて生きている。

『「わたし」としての私』

歩きぬくという手法

どこまでも、こわいもの知らず（身のほど知らず）に行動してきたが、机の前に座って二ヵ月、机の上だけで「歩く」ことをした仕事がある。明治十一年八月二十三日夜に起きた近衛砲兵の叛乱・竹橋事件（『火はわが胸中にあり――忘れられた近衛兵士の叛乱　竹橋事件』）を一九七八年に書いた。

事件からちょうど百年が過ぎており、帝国陸軍にとって例のない大不祥事件であったこととあいまって、事件は歴史の闇に完全に消えていた。

国立公文書館に、銃殺刑になった五十五名をふくむ陸軍刑務所による口供書がのこっていたことは、事件解明の第一の手がかりであった。……

死一等をまぬかれた人々をふくめて六十人余の口供書は、竹橋事件を再現する土台となる唯一の素材であった。

口供書をくりかえして読んだあと、わたしが机の上で歩きはじめたのは一九七七年、暑い時期だったと思う。一人の口供書を、日時や場所などの細目にばらし、ルーズリーフの用紙にすべて書きこんだ。その作業をほぼ六十人分やった。この仕事に没頭していたある

夜ふけ、竹橋砲営から空砲しか撃たれていない事実をやっと確認できたと少々はずんだ声でわたしが言うと、

「あなたは寝たきりになっても、仕事をしてゆける。ジョセフィン・テイの『時の娘』を思い出したわ」

と喜んでくれたひと。長電話の相手は、故人となった向田邦子さんである。

どこまでも机の上で歩きぬく「手法」は、『石川節子』を書いたとき、節子や啄木の日記、手紙、随筆などによる再現にも使った。


『時のほとりで』

＊竹橋事件……明治十一年（一八七八）、皇居北の丸ちかくの竹橋にあった近衛砲兵隊の兵士らが天皇への強訴を計画し起こした叛乱。徴兵制そのものや悪化する待遇への不満をいだき蜂起した。五十三名が銃殺刑に処された。

「昭和」を書く人間になって

私は「昭和」という時代、とくに旧憲法下の「昭和」にこだわって仕事をしている。そ

れも、忘れられた死者やその遺族へとテーマはいつか一貫性をもった。過去のことばかり書いているように思われるかも知れないが、書いている本人は、それが今日のことであり、明日を左右する要素であることをいつも感じている。

過去は予言者となり、答の出た経験という知恵の武器でもある。直接の関係者が一人もいなくても、地縁や血縁は百年くらいの歳月では消えはしない。わずかな手がかりをもとに訪ねてゆけば、墓の碑銘から思わぬ事実が知られ、菩提寺の過去帳をくってもらえば系図もみえてくる。現在の施主《せしゅ》がだれであるかがわかれば、遠い日の死者へ近づく手だても明瞭になる。

新聞の記事が豊富な時代なら、新聞から思わぬ事実をみつけだすことも多い。明治十一年といえば一八七八年のことだが、「竹橋事件」(『火はわが胸中にあり』)を書いたとき陸軍裁判所の口供書を土台にしつつ、何種類もの新聞に助けられた。

「正確な記事」であることが求められた時代ではなく、有形無形の「検閲」と、政治権力が言論を逆用した社会においての新聞である。しかし、東京の町びとたちがどんな噂話をかわしたか、無造作に生き生きとした幾通りもの話が記事になっていた。百年の時間をこえて生きている全資料を、女の丹念なつくろい仕事のように綴りあわせた仕事に、私は深い愛着をもっている。

『「わたし」としての私』

基点は「一九四五年の少女」だった私自身

誰に強制されるわけでもない。確認したいことがあり、会いたい人がいる土地があれば、いつか訪ねたいという願望をもって暮している。夢はいつかかなえられて、つぎつぎに旅へ出ることになった。それは、現地に立つことで事情がよくのみこめるという私の記憶装置のせいかも知れない。頭のなかで知識としてはどうにか理解できていたことが、具体的な表情や声によって裏づけられることで形になり、やっとほんとに自分のものになってゆく。いわば触媒のように、私にとっての現地訪問は、知るために、考えるために、そして書くために不可欠のものだった。

『滄海《うみ》よ眠れ』を書くべく、ミッドウェー海戦の日米の戦死者確認と遺族への取材、さらには死者の眠る海への鎮魂の旅をふくめて四回訪米している。一九八一年から八六年にかけてのことだが、ここに収録したのは一九八三年、三回目の取材旅行の日録である。この旅行記を書く時点では、最終的な戦死者総数は把握できていなかった。

日本側の戦死者　三〇五七名
米国側の戦死者　　三六二名
計　三四一九名

この死者を確認し、死亡年齢不明だったアメリカ側の八名をようやく把握できたのは一九八六年の六月である。言葉の通じない国へ、かつての敵の側から近づいてゆく旅がどんなものであったか、いかに迎えられたかを書いた。

このアメリカ旅行記から、一九八九年三月の東ドイツ訪問、さらには南米への旅までをふくめて、私の視点は「一九四五年・昭和の日本の少女」であったことから出発している。さまざまに異なる局面に立ったが、いつの場合も、私が考え判断する基点には「一九四五年の少女」だった私自身がいた。

『一九四五年の少女――私の「昭和」』

なぜ戦争にこだわるのか

戦争というものにこだわらなければならないのは、集約して約五十人とか、約五千人死んだというのではなくて、概数ではくくれないかけがえのない人生、たった一つの命と人生を持っている人間が死んだということなのであって、その典型などない。一人の典型になど集約できない。それが人間存在なのだろうと思います。

『大岡昇平の仕事』

歴史の裏糸として生きた人びとに思う

普通の人が実は大変に大きな歴史の裏糸のところでしっかりと生きているんです。その人たちは、自分から「私はこれだけのことをしました」などと言わないです。皆、黙ってます。その人たちがいなかったら、人間の歴史はないと、私は思います。

中村哲著・(聞き手) 澤地久枝『人は愛するに足り、真心は信ずるに足る
——アフガンとの約束』

I

わたしの満洲

戦前から戦中を過ごして

金融恐慌にはじまった昭和。その幕開きは暗かった。深刻な不景気が市井の人びとを苦しめた。窮状から逃れるべく、「新天地」満洲に渡ることを選んだ家族の群れのなかに、澤地一家もいた。大陸で幼い澤地が見たもの体験したこと。そこには光彩鮮やかな瞬景があった。容赦ない民族間格差があった。やがて戦いが全面戦争へと拡大していくなか彼女は軍国少女となっていく。情報統制下、戦局の悪化など知るよしもなかった。

遠っ走りのチャー坊

「アオヤマキタマチ　ヨンチョウメ　ゴジュウキュウバンチ」

これが、私の生れたところ、生れてはじめておぼえた所番地《ところ》――。

青山北町四丁目五十九番地は、いまなら東京都港区にふくまれるが、かつては東京市赤坂区であった。自分でおぼえたのではない。おぼえさせられた。

「遠っ走りのチャー坊」というのが子供の頃の私の渾名《あだな》で、ちょっと目を放すと、見つけだせないようなところへ行ってしまう。迷子になって泣いたという記憶もないが、たびたび近所中のさわぎの材料となった遠っ走りの末、迷っても送り届けてもらえるように、しっかりおぼえこまされた。

地番変更によってこの所番地は消え、そこにあった幾棟かの長屋は、東京空襲の折に灰になった。私の生れた家はどこにもない。

『別れの余韻』

祖母は人生初の教師

祖母は六十代の半ばまで、貝の行商をして一家をささえていた。ごく幼い日の私の記憶に残っているのは、始発電車の走る暗い街を、身丈ほどもある麻袋を背負い、身をこごめて歩いている祖母の姿である。理屈はなにもない。電灯の薄明りのなかの祖母とその荷物は、私が最初に出あった人生の教師であった。

『講座おんな6　そして、おんなは……』

祖母の汗の結晶をうばった昭和二年の大恐慌

「昭和」の幕開きは暗いと思うのは、この金融恐慌、いわゆる取付けさわぎのせいである。このとき、中村都屋はその生涯でもっとも大きいと思われる打撃を受けた。痛恨というべき体験をしている。

彼女は明治年間にはじまる五厘、一銭というしがないあきないからわずかずつのたくわえをのこし、貯金してあった。「騒ぎ」を知ってかけつけたとき、取付けにより扉はしめられ、一銭も引き出せなかったという。

愚痴を言うことを知らず、子供の前で泣いたことのない気丈な都屋が、障子の桟《さん》につかまって号泣したという。そのあと、補償されていくばくかの現金が戻ったのかどうか。おそらく戻っていない。

中村都屋はわたしの母末の母、つまり祖母。汗の結晶という以上の長年のたくわえがゼロになったときの号泣を、家で裁縫の塾へ通っていたわたしの母は見ている。……都屋という人のすごさは、立ち直ってまた行商にせいを出したことである。そして日々の利益をしっかりためこんでゆき、生涯、身から離さなかった。

『わたしが生きた「昭和」』

昭和はじまりの十年間

昭和は金融恐慌とともに幕があき、世界的な恐慌の余波をもろにかぶった空前の不景気と、農村の極度の疲弊といういきづまって暗い貧窮の暦、そしてテロの流血にいろどられた十年間の暦ではじまっている。

その十年間に、唯一の打開策として満蒙《まんもう》生命線論が叫ばれ、中国侵略公然化の風潮を背景に満洲事変が計画され、軍部はこの軍事力の発動を背景に、次第に発言権をつよめ、政治のキャスティング・ボートをにぎる座を占めつつあった。

『暗い暦——二・二六事件以後と武藤章』

満洲事変につづく「作為」の道

満洲事変は、その発端だけでなく、いくつもの「作為」をかかえて進行した。その結果の「満洲国」は、中国華北への日本の野心、さらには中国全土への戦争の道を開く。米英との開戦も、その政治的延長上にあった。

「作為」は今もある。日本にかぎらない。各国の制服組を中心に、同じ手法が幾十回となくくりかえされるのはなぜか。軍部独裁による圧制下でなくとも、市民社会は軍事的「作為」に対してつねに無力である。多くの場合、一人もしくはそれ以上のいのちが「作為」を仕上げるべく犠牲にされる。それが同国人であるとき、犠牲はより効果的になる。その結果、不法な軍事行動もしくは政治決断がなされ、内外の多くのいのちを失わせる事態への一歩が確実に踏み出される。

歴史とは、大気のようでもあり、海のようでもある。一つの時代に生きていて、自分がどこにいるのか見定めることのできる人は稀であろう。現に隣りで、目前で、進行していることの本質が見えない。

『わたしが生きた「昭和」』

＊満洲事変……昭和六年（一九三一）、関東軍は旧満洲（中国東北部）の柳条湖付近で南満洲鉄道の線路が爆破されたとする謀略を起こし、満洲全域に侵攻。翌年、清国最後の皇帝・溥儀を擁して満洲国を建国した。

昭和の要人テロを人びとはどう受け止めたか

長くつづく不景気、汚職事件の多発、「ドル買い」による独占財閥の「暴利」へ、人びとの欲求不満はどすぐろいしこりとなる。軍人たちによる襲撃が一般市民に向けられることはない。手の届かない高位高官、エリートたちが標的である。無残な流血を伝え聞いて、しこりがとけるような倒錯した感情、閉塞状態に対する解放感が、流血事件をささえる土壌にもなっていたのではないか。

『わたしが生きた「昭和」』

新天地満洲へ

昭和九年（一九三四）、父は単身で満洲国へ渡る。前景には、日本での生活がまったくゆきづまったという事情がある。昭和五年（あるいはその前年）以来の不景気に、父親は生活を投げる様子を見せた。母の内職などではおぎないきれない。道をはずれはしまいかと思案した母は、満洲での生活を考える。「匪賊《ひぞく》、馬賊の満洲」とおそれられた知らない土地に対して、母にはほとんど警戒心はなかったように思われる。

父の荒れ方への懸念の深さとともに、満鉄理事をつとめ、満鉄総裁にもなった松岡洋右《ようすけ》の家に女中奉公をした経験もあって、母には「満洲」は耳なれた土地だったのかもしれない。さらには、わたしのおさな友達の父親が、満洲国のエリート官僚になったということもある。その人のところへ父の仕事の世話を頼みに行ったのは、母である。

『わたしが生きた「昭和」』

満洲に渡る前のお正月

きびしい暮らし向きにあって、それでも母には気持ちのゆとりがあった。針仕事で家計を助ける日がつづいても、母はわたしにクリスマスとお正月の楽しさを味わわせてくれた。

指折りかぞえてお正月を待つ。東京での最後の年越しそばの記憶はないが、元旦の朝目をさますと、枕元にはひとそろいの晴着、羽子板《はごいた》と色美しい羽根がおかれていた。その日は、母はわたしのおぼつかない羽根つきの相手をし、うたいながらお手玉を上手に踊らせてみせた。

留守がちな父を恋う気持ちはおぼえがない。母さえいれば、この世はわたし一人の世界めいていた。


「むかしの子ども」『ベスト・エッセイ２０１０』

裸ん坊で遊んだ日々

むかし、私が子供だった日（私は日中戦争のはじまる年に旧満洲・新京の小学校へあがったので、戦争下の子供であった）、なぜか裸で暮すことが性《しょう》にあっていた。

痩《や》せたチビッ子が、学校から帰ってランドセルを放り出すや否や、洋服をぬいでパンツ一枚になり、大陸の太陽が燃え狂っているような戸外へ出てゆく。

夏の間、表も裏も存分に丁寧にやきつくすから、夏休みが終って登校する日、私は男の子とならんで、全校黒んぼ大会のベストスリーにかならず選ばれた。

酷寒の冬がきても、やきこんだ黒さは消えない。二重三重に防寒具に身を包み、顔と手さきだけが出ているようになっても、その顔と手が黒い。生れながらの素地のように色の黒い子供だった。結氷した校庭にはスケート・リンクができ、スキーや橇《そり》の遊びもある。白皚々《はくがいがい》の風景のなかで、今度は雪やけも手伝い、一年を通して私の黒さは校内でも有数のもの。風呂へ入るとき、全身くまなく黒いといって母が呆《あき》れかつ嘆いたことを覚えている。

『忘れられたものの暦』

最高の美味を味わった夏

人から「あなたには生命力がある。つよい」と言われるたび、その理由をひそかに思う。夏の暑い太陽のもと、帽子もかぶらず、上半身裸で戸外にいた子供の日。学校から帰ると、母が手作りする小さな家庭菜園のトマトを目ざし、よく熟したのを見わけてもぎ、洗いもしないでかぶりついた。ある日は、母が古びた氷の冷蔵庫に冷やしておいたトマトのてっぺんを、歯で食いちぎって窪みを作り（お行儀が悪くてすみません）、そこへ砂糖をつめこみ、食べながら鉄道線路を伝い歩いた。その解放感。これこそ最高の美味と子供心に思っていた。

『六十六の暦』

満洲の広さと厳しさ

満洲は少々の広さではないですよ。だいたい農業を経験したことのない子供を開拓団に動員してもしようがないのに、私は学徒動員で開拓団に行きました。

中国人が耕していた土地を奪って畑にしていたわけですが、広大な農地では大豆や葉タバコを作っていました。畑の一本の畝《うね》が信じられないくらい長い。草取りも、手で毟《むし》るのではなくて、鋤《すき》で掻《か》いていくのです。夜は電気がないから、カーバイドを燃やす。泥の家でオンドルがあり、冬はいいのですが、夏は猛暑のうえにオンドルの竈《かまど》で煮炊きするから、寝る時は暑くて死にそうでした。

半藤一利著『昭和史をどう生きたか』（著者との対談で）

馴れ親しんだ土地

故郷に対する感情は、理屈を超えたなまぐさいような濃密さがある。「ふるさと」とは、そういうものなのではないだろうか。私にとっては、ほんの子供から少女になるまで、自分が馴れ親しんだ土地が「ふるさと」であり、それが満洲であった。

『もうひとつの満洲』

新京小学校同級生の小田島雄志

シェイクスピア学者の小田島雄志《ゆうし》さんとは、小学校一年生の一学期だけ、新京《しんきょう》の室町小学校でおなじクラスだったことを近年になって知った。

ほんの短い、何十日かの同級生でおわって、おたがいに記憶なしでまことによかった。もしあと二、三年同級だったら、まっくろけの悪童だったわたしは、シャイで行儀のいい小田島少年にしっかり記憶されて、五十代半ばで「再会」したとき、小田島さんは恐怖から逃げ、わたしは愧《は》じて顔もあげられないことになるところだった。ああ、よかったと思っている。

『時のほとりで』

本のとりこになったのは

ルビと宝石のルビーはおなじ単語だった。

「鋼玉石の一。紅色を帯びた宝石。紅玉」「七号活字。振仮名。ルビ」

そのルビ、つまりふりがな。平がなを読めるようになるのは、そんなにむずかしいことではない。……平がなしか読めない人などざらにいた。そういう人たちを拒まない本がたくさん作られていて、文学全集すらもその仲間であった。

平がなを読めるようになったチビのわたしが本のとりこになれたのは、このルビのおかげである。親には叱られながら、わたしは手あたり次第に本をむさぼった。

『ひたむきに生きる』

先生がもてあますような

私は小学校のなかでは、かなり悪名高い生徒だったのではないかと思います。私のような子がいたら、先生はもてあますでしょうね。教科書の下で大人の小説を読んでいるのですから。全部にふり仮名がふってあるから、五年生、六年生くらいになれば読めるのです。『金色夜叉《こんじきやしや》』を読み、泉鏡花や島崎藤村も読みました。意味なんてわかっていないのよ、読むこと自体に快感があったのです。あるとき先生が黒板に「金色夜叉」って書いて、「これは読めないだろう」って言ったのです。私は読めるからニヤッと笑ったら、怒られた。そのときに先生に、「世の中では、十で神童、十五で才子、二十過ぎれば只の人というのだ」と言われました。私は、それが私への当てこすりだとわかっていました。だって、私はそんな才子ではない、ふつうの人間だと思っていたから。

『われらが胸の底』

満洲にあった配給「カースト」

インドのカースト制度ではありませんが、どんなに下積みの日本人であっても、他の民族よりは上なんですから。朝鮮人、台湾人、漢民族、満洲族、蒙古人《もうこじん》、白系ロシア人と多民族の集団でしたが、日本人であるというだけでもっとも上の層にいた。

いちばんよく分かるのは、配給の内容です。日本人には米と砂糖の配給が確実にある。中国人には砂糖はなかった。それで「五族協和《ごぞくきょうわ》」とか「王道楽土《おうどうらくど》」などとはとても言えない。「満洲国国歌」の歌詞は、「この世界に新満洲あり／苦しみなく憂いなきわが国」という内容です。しかし、反満抗日ゲリラは、「この世界に偽満洲国あり／苦しみと悲惨／不自由は十倍」という替え歌を歌っていたそうです。

半藤一利著『昭和史をどう生きたか』(著者との対談で)

満鉄の社宅

植民地っていうのは、悪いわよ。階級がはっきりしているから。それが住む場所で一目瞭然なの。満鉄の社宅にランクがあって、一戸建ての二階家が日本人のなかでもトップの人たち、それから二つ並んだ二階建て、その次に広い窓がある四軒が一棟になったところ、その下が小さい出窓付の四軒が一棟になった家。うちはこの一番下のランクでした。でも日本人は赤煉瓦の社宅。その次に中国人の従業員の社宅があって、グレーの「シナ煉瓦」でできていました。でも、中国人のなかでもここに入れるのは、日本の大学を出たようなインテリの人たちだった。

『われらが胸の底』

社宅の庭の百日草

音や匂い、声。不意にそこから過去に沈んでいた記憶がよみがえることがある。花、それも百日草《ひゃくにちそう》とは、思いがけなかった。ある日のテレビの画面いっぱいをうめた花、たちまち消えた画像の花は、百日草だった。最近この花を見かけない。

なつかしい風景がよみがえってきた。和服を着た若い母が、おさない息子を膝に抱き、百日草の花にうもれるように座っている。

満洲（中国東北部）吉林《きつりん》市、満鉄社宅のわが家の庭いちめんに、百日草が咲いていた。百株近い花は、ひとつずつパステルカラーの花を咲かせ、花びらは乾いていた。

モノクロの写真がある。いっときカメラにこった父は、この息子の砂場遊びなどもとったが、いつかカメラを手放していた。

こんなにおだやかに満ちたりた母の表情はめずらしい。昭和初年の苦労のあと、なんとかサラリーマンとして暮しが安定して、わが家の歴史のなかでいちばん平穏だった日。父も母も仲むつまじかった。

花一杯の庭は、母の長年の夢だったのかも知れない。

「百日草の記憶」『ベスト・エッセイ2011』

夏の日のアムール河畔

アナーキストのピョートル・クロポトキンの「回想」（高杉一郎訳『ある革命家の手記』）を読んで、私は地質学者でもあったクロポトキンが、百年以上も前に吉林へ来ていることを知った。

松花江《ソンホアジャン》は、ロシヤ人にはスンガリーである。アムール川からウスリイ川を遡航し、さらにスンガリーをさかのぼって、クロポトキンの乗った船は秋の終りに吉林まできている。当時すでににぎやかな町であったと書かれていた。

松花江はそういう歴史もかかえて、まるで停止しているような川である。本当はかなり早い流れで、馬の死体がたちまち下流へ押し流されてゆくのを、子供だった夏の日、おそれながら見ていたこともある。

『もうひとつの満洲』

はじめて直面した死

人生ではじめて直面した死は、愛する弟の死であり、弟はかぞえの三つ、わたしは満九歳だった。親たちは伝染病病院で危篤状態になった弟のところへわたしを連れていった。わたしはもう一回、十三歳のとき、末の弟（ゼロ歳）の臨終の場に立ちあっている。

愛してやまない弟がいのち果て、焼かれて小さな骨壺におさまってしまう。それが死だった。どんなに泣き叫んでも絶対に生き返らないことを、その悲しさと無念さを、わたしは骨身にしみて知った。

『私のかかげる小さな旗』

三歳の弟が死んだあと

子供にも、いや子供にこそ、死がいかなるものか、深い理解と悲痛、打撃がある。

弟の死のあと、わたしには夢遊病の症状があらわれた。夜中、ふとんの上に起きあがって弟の名を呼び、手でさしまねくような仕草をする。あるいは台所で仕事をしている母のそばへ歩いてゆき、じっと母を見る。母が黙って見ていると、くるりと背中を向けてふとんへもどっていったという。目がすわっていて、声をかけるとなにか起きそうな不気味さがあり、声をかけることができなかったと母が言ったのは、十年ものちのことになる。

『わたしが生きた「昭和」』

植民地のほんとうの顔

苦力とよばれる山東省からの出稼ぎ労働者や貧しい農民たちには、満鉄線に乗る機会などほとんどなかったのではないか。集団で移動するときには、貨車が使われたと今では考えざるを得ない。

吉林では、真冬の最低気温は零下二十七度にもそれ以下にもなった。駅近くの路上で凍死している黒い綿服の中国男性を子供の目で見た。

その一方には、失職した日本人警官の息子として、小学校へ弁当をもってこられない同級生がいた。容赦ない弱者淘汰、それこそが植民地のほんとうの顔に思える。


『わたしが生きた「昭和」』

平頂山の悲劇

平頂山《へいちょう》近くの露天掘り炭坑は、子供の日に私が見たのよりはるかに大きなすり鉢になっていた。今後もなお三十年間掘りつづけるだけの埋蔵量があるという。

撫順《ぶじゅん》には平頂山の「惨案」のほかに「万人坑《まんにんこう》」がある。坑夫たちは任意でここを職場とし、あるいは強制的につれてこられて坑夫としての労働に従事した。しかし、病気、過労、凍死、餓死による死者のほか、栄養失調、怪我などで使いものにならなくなれば、生きながら捨てられ埋められる。そういう場所が撫順だけで二十から四十あったといわれる。その「墓」は、そこに埋められた死者の数にかかわらず「万人坑」とよばれ、特に大きな埋葬地には万人坑の碑を建てたというが、いまはその碑もなくなって住宅が建っているという。

日中戦争における中国人捕虜、もしくは一種の人間狩りで東北へ連れてこられた中国人労働者は「特殊工人」とよばれた。「特殊」とは、一般中国人ほどの「人権」も認められない、人間以下の消耗品を意味していた。……撫順は戦後日本人戦犯が収容され、刑死や獄死があいついだ土地ではあるが、その一面だけから見ることを許さない重層的な「歴史」とその重さを刻んでいる。

『もうひとつの満洲』

わたしのノモンハン事件

一九三九（昭和14）年のノモンハン事件（満洲国とモンゴルの国境ノモンハン付近で起こった日本軍とソ連軍の衝突事件）のことはよく憶えています。あのとき予備役がかなり召集されました。私の大好きな先生も召集されて、私は上の弟をパンツ一枚の上におんぶして、駅に見送りに行きました。駅は人びとでごったがえしていたのですが、その中でタバコを吸っている男の人がいて、その人が手に持っていたタバコが私の身体に押し付けられた。それで私はやけどしました。だから、私はノモンハン事件というと「やけど」って思うのです。

『われらが胸の底』

朝鮮半島の加藤清正

わたしが小学校五年生の一学期、昭和十六年の五月に、当時の満洲から北朝鮮の清津《せいしん》、羅津《らしん》への修学旅行があった。国境のある町で汽車をおりて連れてゆかれた場所に、大きな白木の柱に墨黒々と、

加藤清正遠征之地

と書かれていたのを思い出す。支配下においた異民族に対する無神経とも傲慢ともいえるこの標識は、歴史を知らない子供であるわたしにも異和感を感じさせたのであろうか。不思議に記憶の底にやきついている。

『別れの余韻』

＊加藤清正遠征……豊臣秀吉の命を受け朝鮮へ出兵した加藤清正軍は、朝鮮と中国・明との国境を越えて遠征した。かつてその事績を示す碑が建てられていた。

開戦の翌日、祝賀会でうたった歌

私が憶えているのは、開戦の翌日に、「シンガポールが紀元節（二月十一日）までに落ちるかどうか」ということを大人たちが噂していたことです。

シンガポール陥落のあと祝賀会があって、三人のうちの一人に選ばれて、歌をうたいました。一つは『大東亜決戦の歌』。歌詞は今でも憶えているのだけれども、「起つやたちまち撃滅の　かちどき挙がる太平洋　東亜侵略百年の野望をここに覆す……」というものです。もう一つは『此の一戦』というので、「此の一戦、此の一戦、なにがなんでもやりぬくぞ……」という歌詞でした。一緒にうたった三人のうちの一人は、敗戦後の難民生活のときに、たぶん発疹チブスに罹ったのだと思いますが、高熱で手当てができず、完全に聴力を失ったのです。

『われらが胸の底』

かわったことがはじまった

血眼になって、金属類すべてを回収した時代。「暮し」が消されていった日。まだなにが起きるか市民一般は知らずにいます。はじめは官庁や公共団体レベルでの出来事です。

品目リストを手にした人々には、「かわったことがはじまった」という程度の認識しかなかったのではないでしょうか。しかし、実質において、この半強制的な供出を通達されたとき、全面戦争はひっそりとはじまったのです。先制攻撃をする、あるいは攻撃される。さいしょの死傷者が出、宣戦布告がなされるところから戦争がはじまるわけではないのです。

『一九四五年の少女――私の「昭和」』

女たちは被害者のみにあらず

女たちは、戦争を選んだ男たちの犠牲になり、じっと苦難に耐えている被害者の役割だけを演じたわけではない。男たちが戦争遂行のマーチに足を踏みならすとき、女たちのあるものはさらに熱狂的に乱舞しようとさえした。大日本国防婦人会の解散にいたる経緯はその有力な証明の一つといえそうである。

『完本　昭和史のおんな』

日本人と中国人で異なった食糧事情

女学校へ入って、満洲国政府高官の孫にあたるという中国人少女と同級になった。

当時、満洲の主たる穀物生産は、大豆と高粱である。中国南方のように白米常食ということはなく、高粱と小麦粉が主食とされた。

食糧の配給制度は、日本本土よりはおくれて実施され、農業生産地をかかえて、ゆるやかであったと思う。それでも、戦争が末期に近づくにつれ、きびしくなっていった。

その中国人同級生とのつきあいでわたしが知ったことの一つ。彼女の家庭には、砂糖の配給はなく、小麦粉もまた配給されていないということだった。

日本人には不十分であっても白米、砂糖、小麦粉の配給はあった。中国人社会でも超エリートに属し、したがって小学校から女学校まで、汽車通学をして日本人学校に学ぶという例外的な家族にさえ、砂糖や小麦粉の割当はなかったのだ。

満洲が中国人のためのものであり、理想郷を目ざしたという論をわたしが肯定できない理由の一つは、食糧配給の実態を知っていたということにもある。

『わたしが生きた「昭和」』

徴兵されたらどうなるか

徴兵というのは、戦争がはじまったら、死んで帰ってくる、あるいは片手、片足なくして帰ってくることを覚悟しなければいけないけれども、それ以前に、一家が食べていくのに、もっとも肝心な働き手を無条件で連れていくということですね。

『語りつぐべきこと　澤地久枝対話集』（住井すゑとの対談で）

多産を奨励したドイツと日本

ナチスは「女性の働く場所は家庭」をスローガンとし、多産を奨励した。しかし戦局好転の見込みはなくなり、兵士の損耗がいちじるしくなって根こそぎ召集をしたあと、女たちに欠員補充の任務が押しつけられる。日本もドイツも、戦争末期の状況はよく似ている。

『一千日の嵐』

内地の「資源狩り」

クイズめきますが、つぎの品目名がなにを意味しているか、あててください。たくさんありますが、急がないでじっくりと考えることが鍵です。

鉄瓶《てつびん》、薬罐《やかん》、花瓶、灰皿、銅壺《どうこ》、水差、柵、塀、塵取《ちりとり》、屑籠、如露《じょろ》、卓上呼鈴、鉛筆削、名刺差、伝票差、屑入、痰壺、洗面器、帽子掛、掃除器、鉄製椅子、脚立、携帯用鉄製梯子、文鎮、筆立、ペン皿、筆記用下敷板、靴拭、標識類、車渡鉄板。

「車渡鉄板」というのは、大きな溝や段差を車がわたらなければならないとき（たとえば車庫の入口にそういう難所があるとき）、平らにするために敷いておく鉄板と考えてください。まださきがあります。

傘立、靴洗器、自転車置台、ペンチ、指揮号令台、街路樹保護板、扇風器、家の手摺《てすり》、欄干《らんかん》、窓金網、門扉《もんぴ》、木口隠《こぐちかくし》、家畜繋杭、通行止杭、電燈柱袴、電柱袴、鉄鎖、鉄柵、門柱、橋名板、掲示板、国旗掲揚塔破損止金具、物干台……。

これは人々の暮しの伴侶であった品々のこまかいリストです。さらに、ここから「琺瑯《ホーロー》びき製品はのぞく」という「付帯条項」があります。

私は断片的には知っていましたが、これほど緻密な「資源狩り」だったとは知りませんでした。これは、国が必要とする金属資源を確保するために、国民に供出を求めた品のリストです。

『一九四五年の少女——私の「昭和」』

心にひろがってくる言葉

生きてきた時代を考えるとき、心にひろがってくる言葉がいくつかある。そのひとつ。

「生あらばいつの日か、長い長い夜であつた、星の見にくい夜ばかりであつた、と言ひ得る日もあらうか」

この一節を書きのこした松原成信は、中国・北京の病院で死んだ。同志社大学経済学部から学徒出陣した陸軍兵長、二十三歳だった。戦争の終る二週間前の死である。……昭和十八年十月、大学、専門学校在学中の学生に認められてきた徴兵猶予（ふつうは満二十歳が徴兵年齢）は停止になった。すでに「昭和」は満洲事変、日中戦争と戦争のときを刻み、米英相手の全面戦争の渦中にあって敗色濃かった。

この年、わたしは小学校を終え、女学校（現在の中学）一年生になっている。山本五十六連合艦隊司令長官の戦死や、アリューシャン列島アッツ島守備隊の玉砕（全滅）のニュースはよくおぼえている。しかし、日独伊三国同盟の一国、イタリアが無条件降伏したことも、学徒出陣も、ほとんどわたしを素通りしていった。


『時のほとりで』

M先生のこと

ハキハキした男らしい口調と、耳に心地よい声。二十六、七歳の若さと適度の茶目っ気、遊び心。小学校時代から男女別々のクラスに分けられ、同じとしごろの少年たちとの文通も会話も禁止されていた女学生にとって、M先生は恰好《かっこう》のアイドルであった。わたしも例外ではない。……昭和十八年五月のある朝、戸外でおこなわれた朝礼の際に、わたしは鮮烈な場面に出会う。その日の戦局報告のために登壇したM先生は、アッツ島の玉砕を語りながら絶句し、声をあげて泣かれた。涙はたちまちに全員に伝染して、全校生徒が泣いた。敗戦の報を聞いた瞬間、反射的に「神風は吹かなかった」と考えるような少女になってゆくわたしの素地は、この朝決定的になったと思う。

人の心とは微妙な作用をもつものである。教師というよりも一人の異性としてM先生に心を惹かれた分量が、わたしの戦争への傾斜の分量を増した。

『別れの余韻』

昭和二十年三月、授業停止という国策

この年三月「国民勤労動員令」公布で「中等学校以上の授業の停止、勤労動員専念」の国策が実施に移されます。私はこの勤労動員の対象となった一人です。女子供のみさかいなく、総てをあげて戦争一色の強硬策を通してなにを守ろうとしたのか、軍人や政治家が考えたことを私はいまも理解できません。

『いのちの重さ——声なき民の昭和史』

敗戦前に死んだ祖母

祖母は敗戦の年の一月、北朝鮮の会寧で亡くなった。かぞえの八十、老衰という。電報を受けとって、母が黒いモンペの上下を着、弟をおぶって出かけていった夜の情景をよくおぼえている。わたしは窓から見送っていた。窓から光がひろがるなかに、サラサラと粉雪が舞い、母はくろぐろとした姿で身をこごめて、急ぎ足で闇のなかへ消えて行った。敗戦の混乱のなかで祖母の骨は土へ還った。

祖母にはカメラを直視した写真がない。みんな伏目がちである。そしてただの一枚も、笑顔の写真をのこさなかった。

『別れの余韻』

敗戦の予感もなかった日に

「きりょうときものの自慢は、するものじゃない」と母が言ったのは、近づく敗戦を予感もしなかった日。やがて、母はほとんどすべてのきものや帯を売り払うことになる。満洲での難民生活の第一歩だった。そのあと、母が失った品々についての思い出や、愚痴をいうのを聞いた覚えがない。いさぎよい人だったと思う。

『きもの箪笥』

II

棄民となった日々

敗戦から引揚げ

戦争に敗れ日本国は満洲にいた人びとを見棄てた。棄民となったかれらをつぎつぎと苦難が襲う。進駐してきたソ連兵に蹂躪される恐怖。売り食いの日々。難民となって、命からがら乗り込んだ帰還船。あえなく命を落としていく者たちを、その過程で幾度も少女は目にすることになる。このとき体験したすべてのことが、もの書きとしての〝基点〟となっていく。昭和前期の国策の、過誤が人びとにもたらしたものがここにある。

わたしの八月十五日

級友と言葉をかわすゆとりもない何日間かののちに、八月十五日は来た。

陸軍病院への動員が中止になり、解隊式が神社の境内でおこなわれ、茫然としたまま解散になった。誰も戦争がおわったとも負けたとも言わない。満鉄社宅のはずれにある吉林陸軍病院の門まで指導教員の衛生兵長を送っていったのは、十四歳のロマンティックな感傷だった。

家へ帰り裏口のドアをあける。タテ長の台所のさきは、四畳半の茶の間で、家族と疎開《そかい》者とが昼の食卓についたままである。

まずこちらむきに座った父と顔が合った。

「戦争はおわったよ」

そう父に言われたように思う。これがはっきり終戦についていたさいしょの声だった。一座の人びとが奇妙に明るかったことを思い出す。「なにか大変なことが起きるかと思っていたのに、拍子抜けした」というようなあっけらかんとした空気、誰も泣き顔などのこしていず、神社でさんざん泣いてきたわたしだけが例外だった。わたしも負けたから泣いたのではない。解隊と別れがせつなくて泣いたのだ。戦争はある日突然、じつに呆気なくおわった。

『一人になった繭』

敗軍兵士たちの下着

カーキ色の男たちからは、独特のにおいが感じられた。皮のにおいと、汗と男くささがまじった、独特の兵士のにおいである。追憶のせいか、それは不愉快なにおいではなかったような気がする。

真昼の日ざかりには、さすがに人々は建物のなかへ姿をかくす。運動場の一隅に縄がはられ、そこに白い長い布が、幾枚も風に吹かれているのが、いやでも目にはいる。

真っ白に洗いあげられていたと書きたいが、敗軍の兵士たちの下着は、どこか黄ばんでいた。黄ばんではいたが、干されているのは、みんな木綿の品々であった。

『忘れられたものの暦』

兵士の集団の匂い

異性の匂いとして忘れられないのは、兵士の集団の匂いだ。軍服にしみこんだ若い男の体臭と汗の匂い。独特なのは帯革の匂いがまじっていたせいだろうか。

ばらばらに一人の兵士となったとき、おなじ匂いがしたかどうか。最後の帝国陸軍兵士に接した夏から五十八年もたったいま、はっきりしない。しかしあの兵士の匂いをわたしははっきりかぎわけられると思っている。それは集団生活の怨念がまじったような、ほかにはない強烈なものであった。


『地図のない旅』

捕虜たちの行進

別れるということをあまり深刻に受けとめようとしない日々。それが、敗戦の年の夏だった。

武装解除され、ソ連軍によって連行される関東軍兵士の一団は、わたしの目の前を通り過ぎていった。彼等との再会もない。

行く手に「シベリア抑留」が待っており、生きては帰れない旅の第一歩を踏み出した男たちが、暮色のなかを通り過ぎる。みんな若い兵士だった。

丸腰にされた彼等が行進しながらうたったのは、軍歌の「戦陣訓《せんじんくん》の歌」である。その歌声は長く耳底にのこった。

捕虜となったあの行進に、「戦陣訓の歌」はもっとも不似合いだったのではないだろうか。「戦陣訓」にはよく知られた一節、

「生きて虜囚《りよしゆう》の辱《はずかしめ》を受けず」

がある。去ってゆく隊伍から聞えた「戦陣訓の歌」の歌詞は、ひかれてゆく兵士たちには皮肉な内容である。

『心の海へ』

空疎な〝戒律〟『戦陣訓』

『戦陣訓』に「屍《しかばね》を戦野に曝《さら》すは因《もと》より軍人の覚悟なり。縦《たと》ひ遺骨の還《かえ》らざることあるも、敢《あえ》て意とせざる様予《ようかね》て家人に含め置くべし」とあり、また、「戦陣病魔に斃《たお》るるは遺憾の極なり。特に衛生を重んじ、己《おのれ》の不節制に因《よ》り奉公に支障を来すが如《ごと》きことあるべからず」とある。なんと空疎な〝戒律〟か。

栄養失調、餓死でいかに多くの男たちが死んだことだろう。生殺を握られ、服従のみがあった男たちにとって、建前絶対、精神力依存の軍上層部をもったことは不幸という以上

であった。遺された者の歎《なげ》きと怒りは当然だが、しかし責任を問うところまで高まりはしなかった。

『ベラウの生と死』

武装解除のすぐあとに

逃走中の兵士が、社宅の人びとへ「女が犯されるぞ」と言って走りまわった。まだ警戒心はなくて、わたしたちは戸外へ出、轟音を立てて通過するソ連軍戦車、その上に座っているボロボロの軍服を着たソ連兵を見たりしていた。

わたしはそれがなにを意味するか、誰にも教えられなくてもすぐに判断できた。……この頃、叔父一家は北朝鮮の水口浦近くの山中で自決していた。爆薬破壊筒を使ったという。

『わたしが生きた「昭和」』

わたしは忘れない

過ぎた日を思い返して、繰り言をいってみても、無意味であると人はいうかも知れない。まったくのところ、生きているわたしは繰り言などいう必要はない。しかし、永久の沈黙のなかに塗りこめられてしまった死者たちのことを、わたしは忘れたくない。それは繰り言とは異質のものであろう。

身近な例である叔父一家の自決にいたる暦をふりかえってみるだけでも、そこには、歴史が忘れてしまった、ささやかなしかし忘れてはならない人間の物語がある。

まだ若い叔父が、軍服の腕のなかに妻子を抱いて、短い導火線を火が走ってゆくのをじっと待っていた瞬間、なにを考えていたのだろうかとふっと思う日がある。

『ぬくもりのある旅』

シベリアから来たロシア兵

軍服姿の男たちが消えた町では、一ヵ月あまりの期間、暴力的な事件があいついだ。

私がソ連人にはじめて会ったのは、ある明るい午後だった。まだ無警戒なわが家のドアには、鍵《かぎ》がかかっていなかったらしい。三、四人の兵士が、マンドリン銃をかまえたまま、土足であがってきて、室内を物色した。室内にいた女たちには目もくれず、短い時間のうちに出て行った。

噂が流れ、私は自分で髪を切った。金属製のドアには補強がされ、集中暖房の地下室へ通じる非常口が、押入れの床板をはがして作られることになった。

「鬼畜米英」と教育されていたが、私のソ連観は空白というべきものだった。社会体制の違いを知らないばかりか、「アカ」という言葉さえ私の知識にはなかったのだから。

進駐してきた日、日本軍とはケタ違いに巨大な戦車の上に座っていたロシアの兵士。その軍服は風にひきちぎられたようにボロボロであった。「あれはシベリアから来た囚人兵だ」と誰かが言った。……私は玄関わきの物置きの奥へかくれた。

その狭くて暗いすみっこへ、戻ってきた男が入ってきて、私の体に手をかけた（かくれ場所を教えたのは、のこった方だという）。私が抵抗し、父と母、とくに母がむしゃぶりつくように大きな男の体にとりついた。相手の手に引っかき傷くらいつくったかも知れない。

男はあきらめたのである。

なにが目的であったのか、断定するには言葉は通わず、被害もなかった。しかし、一方的な意思により、なにかが強要されようとしたこと、ほんの子供といいたい、少年の恰好をした私が標的になったことはまぎれもない。

彼等が断念した理由も、ついにわからないままである。武器をもった支配者の前では、親といえども無力であった。

『私のシベリア物語』

『わたしが生きた「昭和」』

売り食いのとき

売るものなしのわが家に、母の着物のあまり布などが一包みあり、それを持って城内へ売りに行ったことがある。五月、共産軍との内戦の戦闘に勝って、国民政府軍が進駐、またしても女狩りがおこなわれたあとである。

リュックサックから一枚ずつ出して、こまかに売ろうとするわたしは、中国人の男たちにかこまれ、リュックサックを奪われそうな形勢になった。

そのわたしと連れの「おばさん」を助け出し、自分の家へ連れていってくれた中国男性がある。空腹だろうと言って、食事をふるまわれた。その食事の内容はわたしを打ちのめした。迷惑をかけ、今は去ってゆくときを待つ難民のわたしたちは、まだ高粱飯《コーリヤン》を食べている。たまには白米の粥を食べもした。知識層に属すると思われる中国人の食卓に並んだのは、ヒエの御飯だった。

辞書の紙でまいた煙草

戦争が終って、難民生活の一年を過した満洲で、薄くてロールのきいた辞書の紙は、手製の巻き煙草《たばこ》をまくいい材料だった。わたしはその頃十四、五歳の子供であったから、手製の煙草の味は知らない。それに、今日までずっと煙草とは縁のない生活をしている。

しかし、ひっそりかくれ住んだ難民生活の日々、辞書の紙でまいた煙草が灰になってゆくのをじっとみつめていた記憶がある。

小さな小さな文字が、「わたしは辞書だった」といっているように、崩れかけた細長い灰になってからも、にぶく光ってのこっていた。

『ぬくもりのある旅』

中国共産党軍の支配になって

私が生活者として生きるようになったのは、敗戦になって、ソ連兵に追いかけられているときには外にも出られませんでしたが、中国共産党軍の支配になってからは働きに出られるようになったことも影響していると思います。母も病弱だったし、弟妹が小さかったので、私はよく働きました。水道は通っていましたが、断水すると遠くから水を運んでこなければならないのです。一度に効率よく運ぶには前と後ろに担ぐのですが、それをしてみたら、家に着いたときには水が半分より減って、みんなこぼれていました。無理して担いでいましたから、その夜、背中じゅうが腫れてしまいました。それはとても辛かった。そういう肉体労働や、炎天下、屋根のないところでご飯の煮炊きをすることも、私の仕事でした。

『われらが胸の底』

敗戦の翌年春に見た少年

私は吉林市の路上で、開拓少年団の生き残りの少年たちとすれちがいました。飢えとチフスの熱の後遺症で、私と同年の少年たちは痩せほそり、幽鬼のような姿で陽光のもとを歩いていました。すっかり抜け落ちた頭髪に、もやうように細い薄茶色の髪がのびはじめ、風にゆれていました。

十五歳の私は、同世代のほんの子供のような少年たちにこのような試練を課した指導者への不信と怒りの気持をもちました。日本へ帰ってきて、満蒙開拓の父といわれた人が自決もしていないと知ったとき、使い捨てされる人間、踏みにじられる人間の人生が人為的なものであり、それは不当だという気持をつよくしました。私の心には、いつの間にか火種がつくられていったようです。

『いのちの重さ——声なき民の昭和史』

少年開拓団員のにおい

敗戦の翌春、私は生き残りの少年開拓団員と行きあった。栄養失調と発疹チフスの熱は、若い肢体を無残に蝕《むしば》んでいた。幽鬼のような歩行につれて、生きながら死が進行しているような、凄《すさ》まじいにおいが立ちこめていた。それは、一九七二年一月、南米ペルーの養老院に老残の身を託す日本人移民の孤老たちから立ちのぼるにおいでもあった。ペルー移民の六割は沖縄出身である。

日本人にとって、政治とはいったい何であったのか。私は「訴因・棄民」という言葉を繰返し思い浮べる。

『忘れられたものの暦』

他人事でなく

難民問題というと、日本人は遠い他国のこと、他人事と思いがちではないだろうか。しかし、五十年前、日本人は自ら蒔いた種の刈りいれとして難民になった。他国の人の情に救われもした。

『わたしが生きた「昭和」』

収容所に辿りつくまで

昭和二十一年の八月、敗戦後の難民生活をへてきたわが家は、吉林から南下して、当時は錦県といわれたこの収容所へ着いた。一枚の板に車輪がとりつけられただけの、囲いの板さえない貨車の旅だった。途中で子供がこぼれ落ち、引揚げ列車はその子を拾いあげるためにバックして走った。子供は無事であった。そのあと、連結機の上に座っていた青年も落ちた。青年は助からなかった。

腸チフスとコレラが流行していた。伝染病患者を出した引揚げの団は、そこで足止めになる。病菌に追われて逃げているような旅。いつ停車し、いつ発車するのか誰にもわからない旅の途中、女たちは貨車の下へもぐっていって、命がけで用を足した。錦県が近づいても、大雨のための洪水で交通が阻まれた。やっと動きはじめた貨車の上から、泥水のなかに鉄道線路だけが浮いているのを見た。巨流河駅付近では、試運転の機関車が濁流のなかへ落ちていた。

水に浮ぶ収穫期の西瓜《すいか》を眺めれば、喉の渇きに責められる。腹一杯、冷たい水がのみたかった。吉林から錦県まで、長い長い旅路となった。

……（引揚げ船の中）何日も水分しか受けつけなくて、憔悴の果てにいた父は、こけた頬や落ち窪んだ目はそのままながら、急に父親らしくなった。母の話し言葉も親らしくなった。

ここへ辿りつくまで、十代半ばの私は、父母とほぼ同格のあつかいを受け、同格以上の任務をふりあてられていた。

親たちが親らしくなったということは、子供の私にその親の子としての時間が帰ってきたことを意味する。家族に対する責任が、私からふわっと離れていったということでもある。

半年足らずの間ではあったが、まるで「三十女のようにふてぶてしく」、逞しく、そして薄汚れていた時間。いつまでつづくのかわからなかった「擬似大人」の生活がやっと終った。

『もうひとつの満洲』

日本政府、国民のいのちを顧慮せず

満洲在住で故国の敗戦に直面する日本人の運命といのちを、日本政府が顧慮した形跡はまったくありません。満蒙開拓団の多くの死は、予想されたはずなのです。無為無策とは、当時の在満日本人をあらわし、抵抗手段をもたなかった人びとは、犠牲を奥歯でかみしめるように耐えたと思います。

国としての日本が、七十年前の八月十五日をさかいにして、忽然と消えたこと、国は、いかにあてにならないかを、十四歳で骨身にしみるように感じたところから、わたしの戦後ははじまったと思います。それにしても、「神風は吹かなかった」と思った敗戦までのわが「軍国少女」ぶりを、わたしはずっと恥じてきました。

『海をわたる手紙　ノンフィクションの「身の内」』

苦い歌

正直に書くことにする。

「君が代」に対してわたしにはかなりのアレルギーがある。あの歌を耳にすると、「聖戦《せいせん》完遂《かんすい》」を信じた十四歳までの自分の姿がみじめに思い返される。どんなに無知で大勢迎合のおろかな人間であったか、他人は知らなくても、わたしは知っている。わが恥、わが古傷にふれることは苦痛をともなう。「君が代」はその苦痛と屈辱感を何度でもわたしに再確認させる苦い歌でありつづけた。

『私のかかげる小さな旗』

帰還船から見た景色

出帆のあと、身軽になったわたしは上甲板から遠ざかる土地をみつめていた。船脚が速くなり、遠くに遼東半島を望む刻々、わたしの心を強烈な感傷がおそった。離れがたい故郷を去るという引き裂かれるような痛みがあった。

中国を離れる。故郷とよんではならない土地。いつ再訪する日があるのか、誰も予測などできない異国の土地。

その日、十六歳の誕生日まで幾日あったのだろうか。すでに人生の終末まで生きてしまったような索漠とした悲哀があった。

『心の海へ』

十六歳、人間の誇りが崩れ去ったとき

満洲から引揚げてきた私は、二十一年九月、満十六歳となる誕生日もしくはその前日に、博多港へ上陸した。上陸までに湾内で検疫結果を待つある期間があった。幕一枚ひかれていない甲板上で、実験動物同様、検疫官の前にうしろむきで下半身をさらし、ガラス棒で検便用の便をとられたときに、最後の「人間の誇り」ともいうべきものが崩れ去っていった。帰国の喜びなどが湧いてくる余地などはなかった。

『完本　昭和史のおんな』

帰還船の船尾で

博多港外での船上検疫では、列を作って並び、検疫官の前にむきだしの体をさらした。肛門へガラス棒がつっこまれて採便される。猿たちの実験はこういう具合にやるのだろうなとわたしは思っていた。検査のあと船尾へ行く。親とも顔を合わせたくない。女学校の

一年後輩と顔が合い、並んで海を見た。「わたし今日、あれだったの」と彼女は海に向って言った。

『わたしが生きた「昭和」』

帰国のときの「証明書」

わが家の〝渡満〟のとき、査証やパスポートはあったのだろうか。敗戦の翌年秋に引き揚げてくるときの身分証明書は、一家族に一枚の「引揚証明書」であり、一家の成員の名前、年齢が書かれていた。

引き揚げる以前に、わたしが出会った「愛しきものたち」はなに一つのこっていない。一人にリュックサック一つの荷物制限、書いたもの、印刷物いっさい禁止、写真も風景などのあるものは不許可とあって、最低限の生活必需品だけを持ち帰った。日記も作文などもない。どこかで始末されてなにもない。愛着をもっていた品を一つでも荷物にひそませるような才覚も心のゆとりもなかった。母がわたしの成績表をすべて持ち帰ったことなど、信じられないようなことであった。

『愛しい旅がたみ』

わが人生の飢え

仙人でもない人々に、なにも食べずに生きよと命ずるにひとしい政治の空白・無策の時代があり、二十二年十月には、闇による主食を拒んで栄養失調死する判事さえ出るにいたった。

「わが人生の飢餓」というべきは、引揚げてきてからの一年間である。それは引揚げ船の船中からはじまった。食事は無料だったが、一回の食事は、掌にいっぱいの高粱めし、副食はさつまいもの葉っぱの吸いもの、それだけだった。……食べものが消えるときには、ちり紙も石鹼も姿を消す。顔を洗ったり洗濯をしたりするときの苦労の上に、ひもじさがしんと声もなく座っていた。

『心だより』

責任は問われず

食べ物の歴史を通して、どんな理屈も主張も動かすことのできないある「真実」が見える。

餓えを招いた政治、餓死者を出した国は罰せられるべきだが、餓えへの責任を問われた例を聞いたことはない。

『わたしが生きた「昭和」』

あのとき父は

父は四十一歳。無一物となって生き直すことはどんなにきびしかったか、自分が生きた時間を重ねるとよくわかる。その上、ようやく引揚げがはじまったとき、父は過労から重症の黄疸《おうだん》をわずらっていて、胡蘆《ころ》島の乗船地点へたどりつくまで、ほとんど病人だった。父は玄海灘で多くの人々が船酔いにやられたあたりから回復の様子を見せ、食事運びを手伝ったりしていたが、九月中旬はまだ病後である。一センチ四方の土地も、わがものである一本の柱もなく、人生のふりだし点へもどっての大工仕事へ出てゆくとき、鼻っ柱はつよくても気弱なところのあった父の胸になにがあったか。娘として察してあまりがある。

『遊色――過ぎにし愛の終章』

余計者だったということ

戦後の飢える日本へ外地から帰ってきた日本人は余計者であり、異端でもあった。国内にいた人びとは、植民地生活の「いい身分」を経験せず、空襲下のきびしい毎日を生きのびた。わが家族ひとつ養うだけでも心が千切れそうな生活へ、「ボートピープル」のように合流する引揚げ家族——。再会の感動は一週間か二週間しかもたず、世の中全体が引揚げ者を疎ましく思う雰囲気。わたしのひがみではない。あるいは、裸一貫の落莫たるさまに、受けいれ側は苛立ちをかきたてられたのかも知れない。

一人ひとり、あるいは家族それぞれが生きのび得るかどうかというきびしい戦後の生活があった。

『心の海へ』

知人から言われた言葉

怨み言としてではなく、疲弊と飢餓線上の母国へ帰ってきた引き揚げ者が直面した現実、それはどんなものだったか、確かな例としてあえて書く。近い知人の言葉である。

「満洲くんだりから引き揚げて来やがって、お前たち、人間の皮着たけだものだ」

状況が悪くなれば、人は、日頃考えられもしないすさまじい言葉をもつのだ。

『希望と勇気、この一つのもの――私のたどった戦後』

「在外居留民はなるべく残留すべし」

昭和二十年九月三日、天皇臨御の枢密院での議事が、深井英五《えいご》によって記録されている。顧問官の芳澤《よしざわ》謙吉は政府へ要望した。「在外兵竝《ならび》に在外居留民の帰還は輸送関係により頗《すこぶ》る困難と思はるゝが、在外居留民殊に支那、満洲、朝鮮にあるものは成るべく残留して、其の事業等を続け得るやうにしたし」

芳澤は外交畑出身だが、中国、朝鮮に日本人が居残って事業を継続できるという程度の認識しかない。流浪はすでに始っている時期である。外務大臣の重光葵は、「御指摘の地域に於《お》ける居留民の立場維持に就ては、最善を尽す」と答えた。

帰還を必要とした在外日本人は、軍人を含めて六百数十万人、いかなる意味でも、最善がつくされたとはいいかねる。敗戦処理にあたって、国内国外を問わず、民の存在は無視された。枢密院での議事のほかに、最高国策決定の場でこの種の論議がなされたという記録を、私は見出せずにいる。国民の運命は、国体護持という正体不明のお題目に塗りこめられたままであった。

『忘れられたものの暦』

「満洲観」の根づよさ

日本人にとっての満洲。日本の近代以降の歴史のなかでの満洲。日清・日露ふたつの戦役をたたかい、十万の精霊と二十億の国幣（国のカネ）を犠牲にして手に入れた「聖地」であり、日本の生命線といわれた満洲——。

満洲事変を謀略でひきおこすことも是認される「満洲観」は、日本人のなかに根づよくのこっている。

「（満洲国を）西洋政治学のプペット・ステート（傀儡《かいらい》政権）の概念でかたづけることはアジアの歴史そのものが許さぬ」

として、百年後の評価を求めたのは作家の林房雄であった。日本側から考えた「満洲」があると同様に、中国人にとっての「満洲」の位置がある。

『もうひとつの満洲』

「日本がやってなぜ悪い」という理屈

「満洲国建国は壮大な実験であった」とか、「理想主義が途中で潰された」という人たちがいますね。その認識を支えているのは、「日本の満洲建国が悪いというならば、イギリスはじめヨーロッパ諸国は全部同じことをやっていたではないか」という論点ですが、「よその資本主義国家が先にやったことだから、日本がやってなぜ悪い」という論理を押し通すのは難しい。それで失うものの大きさについて考えなかったのではないですか。

半藤一利著『昭和史をどう生きたか』（著者との対談で）

騎手はただ一人だった

責任を問われるべき多くの軍人や政治家のほとんどすべてが、河中で馬を乗りかえるように、ある役割が終るとしりぞけられていった。新しい馬が戦争志向型へと偏っていったあとに開戦がある。たとえば米内、近衛、東条とつづいた政変劇を辿るだけでも、近衛の述懐した「戦争寄り」のあとをみることができる。騎手であったただ一人の人物は、天皇である。その責任を問わなくては、戦争責任の総体を問うことはできない。

「虎穴に入らずんば虎児を得ずということだね」（昭和16・10・20）

「あまり戦果が早くあがりすぎるよ」（17・3・9）
「総統に対し親電を発《う》ては如何」（17・6・26。北アフリカのドイツ軍のトブルク攻略勝利にあたって、ヒトラー総統に対する親電）

『天皇語録』にあるこれらの言葉それ自体は重みがなくて、なにも問題を投げかけてはこないようにみえる。しかし「天皇の御裁可」がなくては、統治も統帥も、つまり政治、軍事のいっさいをなし得なかった国家機構の最高位者として、また発言のなされた状況とを考えあわせると、なんでもない言葉も重くなる。私はやはりみこし論には賛成できない。かりにかつがれただけであったとしても、「天皇」の名でおこなわれたことへの責任はまぬがれがたいと思う。そうでなければ、責任を負うべき人間は無限拡散していなくなる。

『一九四五年の少女——私の「昭和」』

私の原罪

私も鉄砲一発撃っているわけではありませんが、あの戦争の時代に全く無関係とはいえない。そのことの責任は私は死ぬまで背負うつもりです。おのれがやったわけではないけれど、昭和の日本人だったという原罪を背負っていたいと思います。もし自分が忘れたら、私は自分自身を許してはならないだろうという気持ちがあります。

『語りつぐべきこと　澤地久枝対話集』(山本安英との対談で)

Ⅲ　異郷日本の戦後

わが青春は苦く切なく

引揚げて山口県防府《ほうふ》にたどりついたものの、難民生活よりひどい食糧難と陰鬱な荒廃が十代の彼女をとり囲んでいた。ほどなく一家は東京で生きなおすことになる。上京したとき首都はまだ、一面の焼野原。新生活は焼けトタンでこしらえた、一間のバラックではじまった。やがて彼女は出版社の経理部に職を得て、早稲田の夜学に学びはじめる。経理部から「婦人公論」編集部へ異動となったのは大学卒業の春のことだった。

引揚げ先で火事に遭い

一年の難民生活ののち、一九四六（昭和21）年の秋、満洲から引揚げて、日本に帰ってきたら、日本中が民主主義になっていたわけよ。そんなこと急に言われても、ついていけないわけです。山口県の防府に引揚げて、旧制の防府高等女学校三年の二学期に転入し、そこに四年の夏休みまで通いました。引揚げてすぐの十月に、もらい火で火事に遭って、リュックで背負ってきた物も全部失いました。

『われらが胸の底』

異郷だった日本

日本へ帰ってから、私はずっと違和感のなかを生きていたと思う。自分がいるべき場所はここではない。そう真剣に思っていた。雪もつもらない冬は、私にとっては冬ではなかった。松の樹の緑も満開の桜も「なぁんだ、ちぇっ」という思いで見た。日本的なもの、醜はもとより、美といわれるものをふくめて、いっさいへの拒絶反応があった。それを私は大切にして失うまいとした。

引揚げからの四、五年、私は病んでいたと思う。病んでいたのは心であり、病因は「郷《きょう》愁《しゅう》」である。

満洲時代、いいことだけがあったわけではなかった。多くの大陸生活体験者がいうような、恵まれた生活をしていたわけではない。むしろ人生の苦い味を早くに覚えた土地である。そして、敗戦から引揚げまでの難民生活には、滅多に出会えないような陰影の濃い体験もあった。

しかし、いっさいの辛いこといやなことは消えて、ただただ「故郷」が恋しいと思って私は暮していた。東京生れの日本人でありながら、日本は私にとっては異郷であった。

『もうひとつの満洲』

戦後に拒絶した三つのこと

前途になにも確かなもののない貧しい生活にあって、女学校三年のクラスへわたしを編入させてくれた父母の心を思うと、今も胸が熱くなる。

復学してまわりを見まわす。三種の神器のように人びとをひきつけている三つのものがあり、そこへ寄ってゆかないと潮においてゆかれそうであった。教室で級友たちが誇らしさと喜びをふりまきながら語っていた世界。それをわたしは拒絶した。

ひとつは雑誌の『リーダーズ・ダイジェスト』。

もうひとつは、教会へゆくこと。

最後は社交ダンス。

戦争がおわり、アメリカ占領軍の支配下におかれた日本を席捲したこの三つのこと。教会は信仰の対象であるよりも、バターとミルクの香が匂うしゃれた新世界であり、ダンスは儒教思想が否定されたことのごく具体的な表現としてあった。

それがどういうものなのか知らぬまま、近づくことをいっさい避け、絶縁状態を保つことがわたしには快感だった。自虐的な快感というべきかも知れない。心の錠前にしっかり鍵をかけて、ことさらに身を固くしていたようなところもある。

いまも踊れない。

『心の海へ』

＊リーダーズ・ダイジェスト……一九二二年にアメリカで創刊された雑誌。日本語版は昭和二十一年（一九四六）から刊行されて人気を得たが昭和六十一年（一九八六）に休刊。

防府で出会ったバーグマン

引揚げ直後の防府でみた「カサブランカ」。作品の内容は半分も理解できなかったのに、白い幅広の帽子、横縞のブラウスと白のスーツのバーグマンの美しさに、疲れ果て汚れた心が洗われるようであった。

わたしの育った時代は、女が美しくてはならない時代であった。ハッと目を奪われるような洗練された「女」などいなかった。飢えと背中あわせの十六歳の日、わたしは彼女にまさに出会ったことになる。

わたしにとっての平和到来とは、このバーグマンとの出会いであったような気さえする。

『別れの余韻』

戦後出発資金をどう得たか

みんな、善と悪のすれすれの線上を生きていた時代だったと思う。不当な手段で巨富を得たひともあるし、栄養失調で家族を喪ったひともある。

大工仕事で手にする労賃は、食べてゆくのがやっとの額であり、引揚げ時の一人千円の手持ちの現金にたちまち食いこんで、一家で東京へ出る資金のできるあてなどなかったと思われる。

火事にあったあとの年の暮、夜おそくなると父と母はひっそりと外へ出て行った。なにをしているのか、現場を見せもせず、説明もなかった。父のただ一人の肉親である伯母から、

「お前たち、なにを毎晩ごそごそやっているの。変なことはしないでおくれ」

と言われたときの、脅えたような母の表情は見た。

母たちは焼跡で窓硝子《ガラス》の破片をひろい集めていたのである。……割れた窓硝子はもう一度高熱で溶かし、再生して使うために高く売れた。一日の仕事を終えたあと、軍手をはめてガラス屑をあつめ、手製の曳き車に乗せて運び出す。その結果得られた現金がわが家の戦後の出発の資金となった。


『遊色——過ぎにし愛の終章』

東京中がこうだった

一間きりというときこえはいいが、部屋というには程遠い。まわりの壁は焼けトタンの上に占領軍放出の段ボールをはり、床は板の上にゴザ、屋根のトタンがむきだしの〝天

井〟。六畳ほどの場所に炉が切ってある。そこで煮炊きする火の熱が暖房がわり。台所は母屋というべき親戚のバラックとつないだ空間に形ばかりのものがあった。

そういう暮らしぶりを恥ずかしいと思う感覚はない。東京中に、おなじような生活風景があった。


『道づれは好奇心』

大ヒット曲「リンゴの歌」を歌ったひととは

並木路子は無邪気な「赤いリンゴ」になりきれる娘ではなかった。ニューギニア占領後につくられた合弁会社の工場長であった父親は、乗船が撃沈されて行方不明になった。長兄は海軍に応召して消息がとぎれたままであり、二・二六事件に麻布の歩兵第三連隊の初年兵として出動した次兄は、満洲から中国戦線へ転戦後、戦死の公報が入っていた。

そして、彼女自身が確認した肉親の死がある。この年三月九日の夜から十日にかけての東京大空襲で、並木路子は母を喪った。日本橋浜町の家から逃げ、火に追われて隅田川にとびこむまでは母と手をつないでいた。しかし川の流れの中で親子はバラバラになる。

「三月上旬の川の水に若い私は耐えられても、年老いた母には冷たすぎたのでしょう」と彼女は言う。母と再会できたのは三日後、水上警察で変り果てた姿の母親を探し出して対面したのだった。……

歌いましょうか　リンゴの歌を／二人で歌えば　なおたのし／皆で歌えば　なおなおうれし／リンゴの気持を　伝えよか／リンゴ可愛や　可愛やリンゴ

作詞・サトウハチロー、作曲・万城目正

最後の歌詞をうたいきったとき、並木路子の戦争はおわったのかも知れない。「二人で歌えば　なおたのし」というなんでもない一節をうたうだけで、泣かずにはいられないような辛い別れを経験してきた男たち、女たち。言葉に出して「悲しい」といえない当時の日本人の気持をそのままくみとったような明るくてせつない歌。レコードの発売後三カ月で七万枚が売れ、ラジオから流れる歌声は焼土をおおうようにひろがっていった。並木路子が背負っていた戦争の影がなかったら、総数約百万枚という大ヒットになったかどうか疑問である。「リンゴの歌」には聞く人の胸に万感をよびおこすひろがりがあった。並木路子は亡き肉親に寄せる熱い思いをこめて、人々の胸にしみいる真っ赤なリンゴを歌いきったのである。

『忘れられたものの暦』

女学生たちがしびれた三船敏郎

昭和二十三年初夏、わたしは東京へ出てきてやっと半年の女学校四年生だった。時代が生むスタア。三船敏郎には、繊細さ多感さを秘めた荒っぽい野性がある。無垢《むく》な純真さがある。汚れたひもじい日々、空襲の残骸をさらし、焼けトタンのバラック生活がつづくなかで、ひときわ鮮烈な時代のアイドル。女学生たちが血を騒がせ、しびれたのは当然だった。彼女たちもその時代の子であり、ともに響きあうものをもって生きていたのだから。

『男ありて　志村喬の世界』

敗戦体験としての「麦受難」

東京は、欠配と遅配があたりまえになっていた。品物と交換したり、一日の労働をひきかえに農家の言い値で買う主食は、さつまいもをふくめて、警官にみつかれば没収される。その一方、生存量に足りない主食（もしくは代替品をふくむ）が、おくれて配給されたり、配給なしであったりした。それが、遅配であり、欠配である。

戦争には境遇や年齢によって、さまざまな体験の仕方があろう。わたしにとって痛切な戦争体験は、戦後の飢餓である。ひもじさに耐えられず、盗み食いをしたこともある。

麦は、収穫直後には毒性があるのだろうか。押麦ではなく、丸いままの麦は一度茹でて、わずかな米をつなぎに御飯に炊く。しかし、一度満腹はしても、一時間とたたないうちにひどい下痢となってしぼり出すような感じで排泄される。……女学校まで片道四十分は歩く。その四十分が我慢できない「麦受難」を経験した。親にも打ち明けたことはない。

『わたしが生きた「昭和」』

陰鬱な荒廃にとりかこまれて

いちばん親しかった級友は、家族二人の扶養義務をしょって、大阪で「女工」になった。女工になるまで、沈みかけた船からのSOSのような幾通もの手紙にわたしは答える言葉がなかった。

貧しさと食べるものの乏しさのために親しい者同士が憎みあい、仲違いし、殺人事件さえ生んだ荒涼とした世相と心象風景。花を賞《め》でる心など息づけないどん底まで落ちることで、わたしたちは生きのび得た。難民生活よりもひどい陰鬱な荒廃が、十代のわたしをとりかこんでいて、新憲法も象徴としての天皇も、茫々とした意識をかすって通ったに過ぎなかった。

『遊色——過ぎにし愛の終章』

丸ビルに行った日

丸ビルの角店《かどみせ》、明治屋が路上まで台を出し、果物を売っていた一九四九年（昭和二十四年）三月、わたしはそこに立つ男性に問うた。

「丸ビルは、どこですか」

「ここですよ」

正面入り口を教えられ、格調高いエレベーターで五階へ。東京駅の赤れんがも、丸ビル内の商店街もなにも記憶にない。この日、出版社の入社試験があり、わたしは試験官の一人から「経理事務をやる気はありますか」と質問された。採用され、働きはじめたのはこの年、十八歳の四月一日から。なんとはるかに遠い日のことになったのだろう。

新社屋が完成し、丸ビルから移転するとき、わたしは婦人雑誌の編集部に配属されていた。銀行や郵便局へ使いをし、下手なソロバンをはじいた日から、編集会議風景の夢にうなされる日々まで七年あまりの職場。そのうちの五年間は、夜学生だった。

『六十六の暦』

中野重治の詩「歌」に出会って

日本へ引揚げ、貧しいながら学生生活へもどっていったとき、わたしは一年間の難民体験をかかえ、敗戦以前とアメリカ民主主義謳歌《おうか》の戦後日本との断層に落ちこんでしまった。怠惰な生き方をした。学校の勉強だけは一所懸命やるが、あとは飢餓すれすれの食料事情を生きのびるため、買出しと農家の手伝いで日々が過ぎていった。

十八歳の昭和二十四年に就職し、周囲から日本共産党への誘いを受けるようになったとき（わたしは勧誘をほとんど気づいていなかったが）、わたしの心は無感動であり、まるで老人のように萎縮《いしゅく》していた。

中野重治《しげはる》の詩「歌」の一節、「おまえは歌うな／おまえは赤ままの花やとんぼの羽根を歌うな」は、うじうじと暗い若い日のわたしをビシッと打った。暗く生温かい穴から太陽の下へ引っぱり出されたような気がした。同志である朝鮮人を見送る「雨の降る品川駅」など中野さんの詩を読む。それは一つの転機となった。

『ボルガ　いのちの旅』

はじめてこの手にふれた男性は

私に好意を示した男性がある。名前もなにも知らない。青山通りに近い警察の寮から出てくる警官だった。

毎朝のように都電でいっしょになる。熱い視線は肌で感じた。いつも込んでいた都電風景の何十日目か、いっしょになったある朝、手すりにおいた私の手に、ごく自然にその警官の手が重ねられた。ほんの一瞬のこと、冷い手だった。

この話はこれでおしまい。続篇がない。

私の人生ではじめて私の手にふれた異性が警察官だったのを、いまの私はすこしほほえましいような気がして思い返す。

『私の青春日めくり』

経理部ではたらいていたとき

印税の計算をしていて、手渡しをする相手が芥川龍之介未亡人の文子さんだった日もある。寂しくきびしい表情の人は、印税の支払いについて私に確認したとき、その声とともに老人のにおいを私に感じさせた。あれは義歯のにおいだったと思う。
「この人を妻にした芥川の自殺」と私は思っていた。中央公論社へ永井荷風が姿を見せた日があったと私は思う。暗い廊下を長身の老人が歩いていた。しかしなにも言葉をかわしていないので、本当に見たのかどうか自信はない。

『私の青春日めくり』

「都の西北」の空は美しかった

早稲田に学んだ人間の数は多いが、おそらく夜の学生だけが知っていると思われる印象的な風景がある。陽が落ちて夜の闇にかわるまえのひととき、空はごく上質のサファイアだけがもっている深いブルーの色になった。サファイアは九月生れの私の誕生石だが、当時は宝石などの飾られたショーウインドーすらなく、一度も見たことはなかったから、空の色をただ感嘆の思いで見ていた。学生としてはヨソミをしていたわけでもあった。上端が円形に区切られている窓は、その褐色の木枠とともに、夕べの空の額縁になる。この空の美しさには陶酔に似た感動があった。まだ自動車の台数もすくなく、「都の西北」あたり、空は汚れてはいなかったせいであろう。心にしみるような澄明な空の色であった。
『私の青春日めくり』

入党勧告を断って

私はあまり学生運動を熱心にやっていない。……私は、組織の中に入って何かをやることは、死ぬほど嫌だったのです。だから、入党勧告をたびたび受けたけれども、私は絶対に入りませんと言っていました。悪いけれども、私は「勇気がありません」「小林多喜二《たきじ》のように死ぬ勇気はありません」といつも断っていた。それで入党しなくて済みました。入党するというのは、すごい決心だけれども、あの頃は一種の流行でね。周りがみんな入党している。だから、自分だけがはぐれものになったと思っていました。

『われらが胸の底』

核兵器廃絶署名をしなかった

十代の終り頃、わたしがどんな人間であったか。忘れられないことがある。
当時、早稲田大学の文学部は四号館にあり、いちばん大きな教室では、教授はマイクを使った。

授業中、まわってくる半紙大の紙がある。二、三人掛けのベンチの間を、その紙はまわされる。署名用紙だった。世界の平和と核兵器廃絶を求める「ストックホルム・アピール」。一度ならず受けとりながら、わたしは署名を避けた。心の底にうごめく「アカに利用されるのではないか」というためらい、おそれ。

戦争が終り、「お前が大きくなるころは、日本も大きくなっているっていう歌があったのに、小さくなったね」と母親がなにげなく言うとき、わたしは恥の思いで胸がいっぱいになった。「子どもよ大きくつよくなれ」とつづくこの歌を忘れてはいない。戦争中、厭戦的な母の言葉に、「お母さんは非国民」と言ったことも。

「鬼畜米英」と言いながら、アメリカもイギリスも知らない。「聖戦完遂」の言葉に引きずられていた自分の無知への恥。無知で愚かだったと心から自覚するための夜学生生活だったかも知れない。なにかが違うと思い、人並みに学びたいと思った進学の底には、わたしの戦後の鈍感な空白があったように思う。

心を閉じて生きながら、わたしはいつか、世の風潮に染められ、「アカ」をおそれるようになっていたのだ。個人体験にあっても、「歴史」はくりかえされる。「鬼畜米英」から

「アカ」へ、無意識に連続する無知。恥の感覚は生かされていない。

『希望と勇気、この一つのもの――私のたどった戦後』

無用の人間と思っていたころ

社会が動いてゆくなかで、わたしは徐々に「いかに生きるか」の問題に直面していった。いまから思えば、二十年にみたない人生でしかないのに、わたしはすでに自分が余計者であるという気持を根づよくもっていた。その理由ははっきりしている。なにも役に立たない無用の人間という自覚。生きていることがなにか意味のある存在でありたいと思うが、その意味が見つからない。わたしになにができるのかわからない。すでに人生に敗北したような苦くて寂しい気持があった。たとえば共産党へ入ってしまえば、この煩悶《はんもん》は解決したかも知れない。しかしそれは避けようとし、しかし卑怯であるかも知れないという思いに責められてもいた。

『ボルガ　いのちの旅』

成人式の日にやったこと

満二十歳になった人々の成人を祝う成人式は、昭和二十四年にはじまった。私の成人式は二十六年である。まだこの行事は定着していなくて、式典もなければ、振袖の晴着姿などはまったく見かけられなかった。

二十歳になることに私は抵抗していた。十代のままでいたくてならなかったのはなぜだったのだろう。独身主義をひそかに標榜《ひょうぼう》し、「おとなになんぞなるものか」と私は思っていた。十九歳と二十歳の間に、大人と子供の境界線があると思ったわけではないだろうに、十代にしがみついていようとしていた。……そして成人式の日、ある行為をした。たいしたことではないが、私がいかに混乱していたか、また、ごく他愛ない娘であったか、まぎらしようもない。

私は父のタバコ入れからタバコを一本ぬすみ、ドアをしめた部屋で、一服かくれてのんだ。ひとつもおいしくなかったし、興奮もせず、のどを刺戟されただけだったから、一服でやめにした。それ以来タバコとは縁がない。

『私の青春日めくり』

二十歳前後に読んだ本

二十歳前後のわたしをとらえた本のなかには、戦没学生の手記『きけわだつみのこえ』があり、ネクラーソフの長篇叙事詩『デカブリストの妻』（岩波文庫）、菅季治《かんすえはる》遺稿集『語られざる真実』（筑摩書房）があった。

人生がまだはっきり見定められないとき、どんな本に出会うか、そこからなにがもたらされるのか、時間がたつとはっきりしてくる。

『一人になった繭』

小説は魔力をもって

むかし、小説はわたしを別なる秘密の宇宙へ連れていってくれた。それは奇妙な魔力をもってわたしをとらえ、わたしの思いを自由にさせ、陶酔の世界へいざなった。わたしの感性、かくありたいという志は、小説世界と現実生活の微妙なかさなりと矛盾のなかで育てられたと思う。

『六十六の暦』

若き日の証言者

自分とむかいあい、問い、答えられないでいた日々。わたしは若くて未熟であり、同時にそれは大きな可能性を秘めていることに気づいていない。しかし、わたしをとりこにした詩、小説、あるいは評論によって、わたしはじつにたくさんの人生に出会ったと思う。もっと深い苦悩や煩悶に耐え、生きる道を見つけてゆく人に心ひかれ、夢中になって読んだ。

わたし一人の人生では出会うべくもない多くの体験と示唆は、わたしの心のよき教師となる。「わたしのような者でも、なんとか生きたい」という願いへの肯定が、文学作品のなかにあった。そういう文学作品に魅せられ、その中心になったのが十九世紀ロシア文学だったと言うこともできる。現在のわが家の書庫にある予想以上の数のロシア文学書は、若かった日のわたしの証言者のようでもある。

『ボルガ　いのちの旅』

新憲法を受け入れたとき

想像してみて下さい。東京の神宮球場前に立って、西側を見る。目の前には砦めいたコンクリートの旧兵舎の残骸があり、あとははるか富士山まで、一面の焼野原。点々とのこっているのは、土蔵だけでした。

焼けトタンの潰れかけたバラックの生活、防空壕に手を入れた半地下の生活が、青山、原宿の戦後の暮しです。私はかつての「満洲」で敗戦を迎えたので、空襲は知りません。ヒロシマの惨状を上京する列車の窓から見ました。さらに、日本中が蒙った空襲（および艦砲射撃）の被害のすさまじさも忘れてはならないと思います。

文化的遺産の焼失、住む家、病院、学校などの施設を焼きつくした空襲は、なんのためであったのか。何代にもわたって営々と作り営んできた財産を奪われ、どん底から再出発しなければならなかった戦後。

「戦争死」で家族や愛する人を喪った人の悲しみが、何十年たっても消えないのは、敵であったアメリカ側も同じことです。

戦争によって人生を木っ端みじんに叩きつぶされ、二度とこんなひどいことは御免だと思った人たち。骨身にしみる無念と悲しみ、さらには無知であったことへの恥。それが新しい憲法を受け入れた日本人の姿だったと思います。

「若いあなたへ」『それでも私は戦争に反対します。』

敗戦で崩壊した「帝国憲法」にある言葉

「大日本帝国憲法」が崩壊して、主権在民の新憲法が誕生するためには、敗戦が必要であった。しかも、敗戦はおびただしい犠牲の上にやっとやってきた。「帝国憲法」にはみるもおそろしいような条文が並んでいる。

第一条　大日本帝国ハ万世一系ノ天皇之《これ》ヲ統治ス

第二条　皇位ハ皇室典範ノ定ムル所ニ依リ皇男子孫之ヲ継承ス

第三条　天皇ハ神聖ニシテ侵スヘカラス

第十一条　天皇ハ陸海軍ヲ統帥ス

第十四条　天皇ハ戒厳ヲ宣告ス

皇位継承権が女にはないことなど、枝葉末節であるが、帝国憲法下における日本の女は、無能力・無資格者として扱われ、もとより選挙権も被選挙権もなかったのだから、第二条も他人事（?）ではなかったわけである。

『一九四五年の少女——私の「昭和」』

あの日皇居前広場で

一九五二年は、流血のメーデーの年で、死者がでました。私はあの日、皇居前広場にいたのです。私は人の流れに沿って行って、職場のデモコースと別れ、全学連のデモ隊にまじってしまったの。使用禁止になっていた皇居前広場に座りこんでいました。そしたら、うわーって向こうから走ってくるから、ビックリして私も走って馬場先門の建物のドアが引っ込んでいるところに立ちました。機動隊が追っかけてきて、ぱかんと音がして、目の前で頭を割られた人がいるの。すごい血なのよ、頭割られたら。私はその人を有楽町の診療所に連れていきました。そこで帰りの電車賃だけ残し、あり金を置いて学校に行きました。

『われらが胸の底』

＊流血のメーデー……昭和二十七年（一九五二）五月一日、労働者の祭典とされるこの日、使用禁止とされている皇居前広場にデモ隊が入ったことで警官隊が拳銃を発砲。デモ隊を実力で攻撃した。その際、市民二人が死亡、千五百人余りが負傷している。

婦人雑誌の編集部への転属

十八歳で経理事務員として働きはじめた私は、夜学生活五年ののちに婦人雑誌の編集部に転属になった。私がのぞんで実現した人事ではない。

会社側も、そして編集者としては異例の経歴をもつ私を迎えた編集部の同僚たちも、私に編集者としての手腕など期待してはいなかったと思う。

編集部には雑用をふくめて事務処理を必要とする仕事がかなりある。愛読者グループとの密接な手紙のやりとり、グループ便りを毎月活字にしてゆく根気のいる仕事……。六ポイントという現在ではめったに目にしない小さな活字で組んだそのページや、グループの所在地一覧表などは、校閲のひとたちさえ校正を敬遠した。雑誌としては大切にするべき欄ではあるが、その月の雑誌全体の仕上りにはほとんど関係がない。

そういうページを受けもって、校了までに二度、三度と読むのが私の責任だった。私の編集者生活は八年九カ月だが、どれだけ忙しくなろうとも、私がこの欄の担当であることはかわらず、手をはなれたのは最後の二年くらいではないかと思っている。

『「わたし」としての私』

父の責任を受け継いで

父は四十代の終りに手遅れの胃ガンが発見され、本人は病名を知らされぬまま、昭和三十一年の十月に亡くなった。わたしは父に嘘をつき通して、全快の日のたのしい計画だけを語っていた。

寝ついたはじめの頃、まだ多少昔年《せきねん》の面影の残っていた父は、青年のような表情をしていた。いい男前であった。

父は母に向って、

「俺はもしかしたら治らないかも知れない。しかしあの子はあとの責任をみんな背負ってくれるつもりでいるみたいだな」

と言ったという。わたしは父が、

「一家のあるじとしての責任を果さずに死んでは申訳ない」

と泣いたことを生涯忘れられないと思う。

『別れの余韻』

夜更けの改札口で

父の衰えがさらに目立ち、いつ痛みがはじまるのか、ひそかに見守るような日が来た。ある夜、まだ電車のある時間だったが、勤めさきの丸ビルからわたしはタクシーで帰宅した。渋谷橋の信号が見えたとき、ふっとなにかを感じた。

「運転手さん、恵比寿の駅へやって下さい」

と言ったのはなぜなのか、いまでも説明がつかない。車は直進する予定を左へ折れた。駅の改札口を出た壁際に、痩せて小さくなった父が、下駄の上に座るような形でうずくまっていた。

「お父さん」

と声をかけると、父は「ああ」というような眼をして立ち上った。浴衣を着ているのだが、軀《からだ》がなかで泳いでいる。

父は柾目《まさめ》の通った桐の下駄をはいていた。そのはきなれた軽い下駄さえ重たそうな足どりでわたしと連れ立った。わたしたちは山手線のガードをくぐり、渋谷橋へ出て、相変らず暗い明治通りを左へ曲った。

わが家への路地の入口でまた曲る。

今夜、もしわたしがタクシーをまっすぐ家まで走らせていたら、父は終電まであの位置に座っていて、一人で家へ帰ったのだと思うと、たまらなかった。わたしの帰宅が遅くなった夜、家族が寝静まっても帰ってこないと、父は誰にも黙って駅に座っていたのかも知れない。むなしい幾夜かがあったのかも知れなかった。

この夜、重たそうな下駄の音と足の運びに父の衰弱を思い、痴漢から守ろうとしてくれている父の気持を思って泣きそうになりながら、わたしはなにも気がつかないように父と歩いた。帰りついたわが家は寝静まっていた。

父はこの年の秋、十月三日の午後に息をひきとった。ほとんど無一物になって引揚げてきてから十年目、五十一歳だった。

『別れの余韻』

速達で送った退職願

一九六三年一月深夜、出張校正中の印刷会社の構内で失神し、ひどい心臓喘息に苦しんで、わたしの編集者生活は終ります。心臓手術を受けて、三年ほどで再発していたのです。ぜいぜいという喘鳴《ぜんめい》のとぎれることのない生活になりました。

父の死から七年。編集者であることに人生のすべてを賭けているような日々、そして退職。つぎになにをするのか、なにも答えはなくて、退職願を速達で送った解放感だけが忘れられません。退職直後に、人間は信頼できないと思う経験をし、死にたいと思いながら、父との約束を破ることを自分に許せなかった長女のわたしがいます。

『海をわたる手紙——ノンフィクションの「身の内」』

ハンカチーフに慰められるほどに

あのころ、生きていることが辛いと思う日、わたしは銀座を歩きまわって、一枚か二枚のハンカチーフを買った。そのささやかな買物で慰められ支えられるほど脆《もろ》くなった心があった。

退職金のなかから、一枚のハンカチーフを買うゆとりもないことを、淋しいと思わなかったわけではないが、自分の人生とはそういうものだと観念していた。

『手のなかの暦』

澄んだ過去

惑いつづけていた不決断の若い日、その代償のように党員であるHと親の許さない結婚をし、家出をし、わずか二畳の生活をはじめる「暴挙」のできたこと。そのほろ苦い結婚が九年間つづいたことも、もはや澄んだ過去のものとなった。Hは再婚し、子供にも恵まれたと聞く。離婚のあと一度も会うことはなかった。そして亡くなっている。

『ボルガ　いのちの旅』

Ⅳ　もの書きになってから

出会ったひと・考えたこと

編集者として九年。退職後に五味川純平《ごみかわじゅんぺい》の長編小説『戦争と人間』の資料助手をつとめたのち、もの書きとなった。そして忘れ去られていた多くの死者たちが、澤地作品によって蘇ることになる。叛乱兵の、特攻死した少年の、南の島で餓死した中年兵士の、妻たちの、生きた証が歴史に刻まれた。同時代の政治家が、隠蔽しようとした事実を描き出しもした。その間には、忘れ得ぬ人びととの出会いや交わりがあった。

五味川純平の資料助手になって

九年間の編集者生活をやめたあと、わたしはいわば大火傷を負った。人間不信のどん底に落ちもした。……どん底で五味川さんの『戦争と人間』の資料助手の仕事をあたえられたが、心の傷はかくせても、一度手術を受けた弁膜症の再発はかなり無残にわたしを打ちのめしたようである。

ひどい心臓喘息もちになり、発作は家族が寝静まる夜中に起きた。まるで気泡のようなふわふわした痰に鮮血がからんではいあがってくるのだが、切れ間がない。呼吸困難の息苦しさで横にもなれず、起座して眠る。耳につく喘鳴が消えることはないから、睡眠剤で無理にも眠ることになり、体重は四十数キロまで落ちた。体力は底をつき、どれだけ生き得るのか爪さきをみつめて一足ずつ歩いているような生活でありながら、助手としてのわたしは浄福とよべるほど完全燃焼の日を送っていたと思う。それがもの書きとなる「わたしの大学」になるのだが、当時は、「生涯を通じていい助手であった」と追悼されることを願っていた節もある。

『一人になった繭』

五味川の父いわく

五味川純平氏の父は、毛皮などを扱う軍の御用商人で、ソ満国境を越えて商売をしていたという。ソ満戦線から奇蹟のように生きて帰った息子に、父親は「お前の言った通りだったな」と言い、さらに「俺は、天皇に手紙を出したい。なぜきれいに自決しないのかと」と言ったそうだ。

五味川さんが戦中と戦後の日本を語り、政治状況のあまりのひどさに怒りをあらわにして言った言葉がある。

「生れてくるのが、早すぎた」

「人類が国家を必要としなくなったときに生れたかった」

『希望と勇気、この一つのもの——私のたどった戦後』

昭和史研究の教師は新聞縮刷版だった

わたしの昭和史研究の最大の教師になったのは、当時の新聞の縮刷版である。明治の新聞人徳富蘇峰《とくとみそほう》が、

「今日の新聞は明日の歴史である」

と書いていることを読んだのはずっとあとのこと。歴史になる時間をもつ以前の、その日その日の新聞記事。つまり、たとえば昭和十年九月二十日を生きた人が、その記事（出来事）の意味やのちの評価など考えずあるがままに読んだ新聞。政治や経済問題には記者の主観も出るが、社会面の記事の「事実」には「歴史」の手が入っていない。のちの歴史の審判や歴史家の史観からまったく自由な原資料として、新聞縮刷版の全頁を読んだ。

まだ老眼鏡のいる年齢ではなかったが、縮刷版は紙質も悪く、活字も小さい。拡大鏡を使って、政治面、経済面、社会面を見、広告も見る。

その時代、人々の暮しぶり、話題のタネになりそうな記事は、タイトルをふくめて全文書きとった。それが助手としての仕事の基調になったし、わたしの歴史勉強の方向を支配もした。

『ひたむきに生きる』

大江健三郎の忠告

『ぬくもりのある旅』というさいしょのエッセイ集に「わが艶史」という文章が入っています。……これははじめ雑誌に発表したものですが、それからしばらくしてある会の会場

のすみで、

「あなたは乾いた文体で昭和史をお書きなさい」

と言ってくれたのは、大江健三郎さんでした。いまも思い出すと涙がにじむほど温い言葉でした。フリーのものかきになったものの、わたしは仕事のあてもなく、迷いもし、切り売りなどする気のなかったわが過去を書いたのですが、大江さんの忠告は胸にしみました。それ以来、わたしは自分の傷を書くかわりに、歴史によって抹殺された人間の記録を書く方向を手さぐりして生きてきたと思います。

『遊色——過ぎにし愛の終章』

母の突然死

母が亡くなってこの四月で満十年になる。六十四歳、突然の脳出血による死であった。ちょうどその二カ月ほど前に、わたしのさいしょの本『妻たちの二・二六事件』が出て、母は第一号の読者になった。

「ノンフィクション」という言葉が、いまほどは普及していないときで、英語はまるでダメな母は、「ノンヒクション」といかにも言いにくそうに言い、「くしゃみみたいだねえ」

と笑っていた。

弟妹たちがわたしをよぶ呼び名をとって、母もわたしを「おねえ」と言う。母の読後感は、

「おねえらしい本だね」

だった。


『忘れられたものの暦』

二・二六事件の刑死者がのこしたもの

あたりまえのことを言うのに、勇気が試される。それが、タブーのある社会である。テロの効果を奪い、徒労に化す方法は、一つ。言論には言論以外にはないとはっきり示すこと。妥協のない明白なテロの否認。思考にせよ信仰にせよ、信じるところを表明するのがいのちがけであるような社会は誰に幸福をもたらすか、考えたい。

信ずべからざる言を信じ、殺傷をおこない、そのあとどんな現実に直面したか、二・二六事件の刑死者がのこした獄中手記の血を吐くような言葉を読んでみるといい。彼らは死んでゆくいのちを惜しんで手記を書いたのではない。「われ誤てり」という死よりも辛い

苦汁。運命の道づれにした同志への呵責に地獄を味わっている。

純粋な「雪の日の義挙」などという評価に反撥《はんぱつ》するのは、事を起して死んだ当の男たちであるとわたしは思う。獄中手記の言々句々には、胸を打つ人間の真実がある。しかし彼らには真実を白日のもとにさらす機会などついになかった。

『わたしが生きた「昭和」』

流血のあとで

二・二六事件を鎮定したのは、おなじ軍服を着た軍人たちであった。「粛軍《しゅくぐん》」という言葉は、流血の不祥事を生んだ陸軍そのものの厳粛な反省を意味したはずだが、そうはならなかった。「粛軍」の名目のもとに、軍人たちは政治に対して露骨な干渉をはじめたのである。

陸軍が「粛軍」をおこなうのであるから、政治の方も陸軍の要望に答えてくれなければならない。もしそれがかなえられなければ、いつまた流血の不祥事がおきるかわからない——。

軍事力を背景にした軍人たちの威嚇は、二・二六事件のすさまじい流血の印象を背景にして、不気味な効果をもった。陸海軍大臣の現役制を復活させ、軍事予算を大幅にみとめさせ、やがて政治全体を支配する。軍ファシズム擡頭の不幸なきっかけに二・二六事件は利用された。

『試された女たち』

テロのほんとうの怖さ

テロの効果は、狙われた人間の生命が奪われることだけにあるのではない。事件を知って、おそれから人びとの自主規制がはじまる。言うべきことを言わなくなる。そこにこそテロ本来の目的がある。

『わたしが生きた「昭和」』

悪玉は軍人のみか

二・二六事件を分岐点として、軍衣の暦が繰られてゆく。しかし、近衛文麿をはじめとして、文官である政治家たちの政治性の低さ、政治能力の貧しさは、目を蔽うばかりであったようにわたしには思える。

たしかに、血染めの粛軍の旗を威嚇的にちらつかされて、おそれはあったにしても、政治、外交、経済それぞれの専門領域で、専門とする人々の抵抗もしくは職務への誠実さがあったなら、局面は大きく変ったであろう。

軍人たちに免罪符をあたえる気はさらにないが、軍人だけを悪玉にして歴史を見ているだけでは、わたしたちの政治感覚というものは、いつになっても鍛えられはしないという気がしてならない。

『暗い暦——二・二六事件以後と武藤章』

味わった複雑な感覚

母が脳出血で突然なくなったあと、うつろな喪失感の一方で私があじわったのは、やはり一種の解放感であった。母の娘として四十年生きてきて、私は勝手なことに、ときどき家族の関係のなかにあって窒息しそうであった。「もっとふっきれないものか」そう思っていた。この一年、母の死によるある種の解放感をあじわったあとで、それが祖母から私へのおんな三代の、縛られ閉じこめられた暦と密接にかかわっていることを考えさせられている。

それは鍋にのこされた

『講座おんな6　そして、おんなは……』

母の手の器用さ、丹念な仕事ぶり、しなやかな力。その人生を記念するようななにかをやりとげたわけではなく、形となるものをのこさない人だったのに、母の手仕事の長いいのち、作品とよびたいものは鍋にのこっていた。

母の死のあと、思い出ののこる品を見るのは辛く、家中さがしだすようにして、知人や親戚にわけた。わたしには極端なところがあり、母の暮した六畳間の畳をはぎ、板張りにかえさえしている。しかし、人一人が生き、そして去るということは、なにかをのこさずにはいない。どうやってみても、なにもないという具合にははこばない。それが「生きた」ということだった。

手仕事の形見が鍋の把手をまいた麻紐としてのこっていたのは、いかにも母らしいと思う。

『地図のない旅』

ためらいながら注文した原稿用紙

名前入りの原稿用紙を作ったのは、二冊目の本『密約』を書く前だったと思う。石油ショックのあとのことで、向田邦子さんから「ぜひ」とすすめられ、ためらいながら注文することにした。そしてまだプロのもの書きとして生きてゆく自信も見通しもないのに、二百字詰めの特注原稿用紙だけができあがった。枡目はすこし横長、罫《けい》の色はグレイ、総枠はすこし太くして、左隅の枠外に名前を四文字。

わたしが上等な洋服をつくったときとおなじ言葉を向田さんは言った。

「いい原稿用紙じゃない。嬉しいわ」

使いきる日があるだろうかと危ぶんだのに、デザインは変えないまま、わたしは三代目の原稿用紙を使っている。向田さんが生きていたら、

「ほらね」

と言ってかまわれそうだ。この原稿用紙を机の上にはじめておいたとき、こみあげるような喜びがあった。まだなにがはじまろうとしているのかわからない人生というのに、それで逆にいっそう自分の原稿用紙が嬉しかったのかも知れない。師匠の五味川純平氏がそういうわたしを見て、

「そんなに嬉しいかねえ。いまに見るのも嫌になるよ」
と言われるのを不思議な言葉のように聞いた。

『一人になった繭』

昭和四十七年、外務省機密漏洩事件で

アメリカが議会に対する約束を楯として、沖縄返還にあたり一ドルの支出もできないことを強く主張して「国益」と議会に対する信義を守ったのであれば、日本側は、国会（ならびに主権者）に対して、妥協譲歩しつつ沖縄返還の実をとらざるを得ない歴史状況・政治力学を明らかにする義務があったと私は思う。

しかし、「密約なし」と国会で強弁をくりかえした佐藤首相は、日米間の電信文という動かぬ証拠をつきつけられて、あたかも政治責任をとるかのような意思表明をしながら責任を回避、検察当局は《密約》暴露に一役買った男女を告発し、いわゆる「下半身問題」を表面化させることで世論の矛先きをそらせると同時に、問題の本質を比較にもならない卑小で低次元なものにすりかえてしまった。

『密約——外務省機密漏洩事件』

若者をかくも大勢死なせた日本

わたしはミッドウェー海戦の調査をしたことがあります。昭和十七年六月に日本とアメリカとのあいだであった大きな海戦です。一体も遺体は帰ってきていません。この戦いに参加した一人ひとりの細かなデータをわかるかぎり調べました。

いちばん多く戦死したのは当然ながら末端の兵士です。将官でもなければ士官でもない。満洲・上海事変でも同じです。

ミッドウェー海戦での日本の兵隊の死亡率は（全戦死者数の）六七パーセント。アメリカはパイロットの戦死者が多かったこともあって三〇パーセントです。

満洲・上海事変のときには、（将官・下士官を除く）兵隊さんで死んだ人は九〇パーセント。ほとんどが死んでいる。

つぎに戦死者の年齢を見ると満二十歳から二十二歳までのところに戦死者が集中しているんですね。在隊年数といって、軍隊へ入ってから時間の短い、まだ兵隊としてはオタオタ、ヨロヨロしている人たちが大勢死んでいった。

満洲・上海事変の場合は、六八パーセント、つまり戦死したうちの七割は二十歳そこそこです。

では、ミッドウェー海戦における日本海軍ではどうか。五五・五パーセントです。

要するに十五年戦争のあいだ、日本では二十歳から二十二歳までの若者が非常にたくさん死んだのです。

『未来は過去のなかにある――歴史を見つめ、新時代をひらく』

少年兵たちの死が語る実相

ミッドウェー海戦といえば、大所高所から語られがちである。しかし士官たちを中心にすえた海戦記からは、下士官も欠落し、水兵たちも見えてはこない。ましてや、少年たちの死をどれだけの人が考えただろうか。

成育しきっていない十五歳の少年たちの戦死には、あの海戦の見すえるべき実相があろう。いくさの修羅場はあったが、いくさというにはあまりにも粗末、あまりにも拙劣な対応のなかで、少年たちはむざむざと死んでいった。そのおさない死をすら踏石にして、責任ある地位にいた軍人たちの面子《めんつ》と体裁をつくろってきた「ミッドウェー海戦」だったのではないか。

ある特攻隊員の遺書

中島昭造は十八歳の遺書にまず「必勝」と書き、

父上母上永らくお世話に成りました
私は桜の花と共に散つて行きます
世の中に思ひ残す事はありません
さやうなら

と書きのこしたそうです。

ごく普通に考えて、この世に思い残すことのない十八歳などということがあるでしょうか。すべてはこれからはじまるところです。恋にさえ出会うことなく、人生のよきことも辛いことも知らず、人生の入口に立ったところで死んでゆかなければならなかった少年の一人が中島昭造です。

『いのちの重さ――声なき民の昭和史』

少年特攻兵の血の叫び

江田島の元海軍兵学校の参考館へ行って来ました。よく知っている海兵出身戦死者の名前を銘牌《めいはい》で確認しました。江田島は二度目ですが、今度はじめて、銘牌のうしろ側に特攻出撃で死んだ人たちの資料や遺言があるのを見ました。

十六歳、十七歳の特攻死があるのですね。十七歳の一人は、かくれて書いたのであろう家族あての文章の最後をこう結んでいました。「軍上層部の無責任許しがたし」。十七歳で死にたくはなかった少年の血の叫びのように思えました。

城山三郎著『対談集――「気骨」について』(著者との対談で)

ミッドウェー海戦の日米の戦死者を追ってみて

どちらの側にも、まるで双子のようによく似た戦死者がいた。一九二九年に始まる世界的な大不況下で、貧しく、食べるものも十分にないというような状況がありました。アメリカの少年も日本の少年も、あるいは青年も、志願して軍隊へ行って、そしてミッドウェー海戦に出合っている。貧しさが軍隊への志願の動機です。もし普通の市民同士として会って、自分はどんな少年期を送った、あるいはどんな青春を送ったかという話をしてみたら、なんと自分とよく似ているのだろうといって抱き合ったかもしれないような人たちが殺し合っている。そして、五千メートル以上の深いミッドウェーの海に沈んで、ひとつの骨も上がってきていません。その残された人たちの悲しみがなんと長く続き、なんとよく似ているのかということが、苦しい仕事を私に続けさせる力となったと思います。

『憲法九条、いまこそ旬』

死んだ男たちへの報告

「にっぽん丸」の航海中、空母「加賀」「蒼龍《そうりゅう》」の沈没地点でもたれた合同慰霊祭のあと、わたしは『滄海よ眠れ』六巻と『記録ミッドウェー海戦』の包みを海へ投じた。

「あなたたちは、こういう男たちの一人として亡くなられたのよ」

という報告をするための七年ごしの仕事がおわった。いのち長らえたことへの感謝をふくめて、わたしはどうしてもこの海へ来ようと思っていて、やっと宿願を果たした。

ミッドウェー海戦がたたかわれた海域の海は深く、きわめて澄明である。沈んでゆく包みはかなりの重量があるのに、しばらくはわたしの視野のなかにあった。

『ひたむきに生きる』

アメリカが認めた仕事

一九九九年に発行されたアメリカの雑誌"NATIONAL GEOGRAPHIC"はミッドウェー海戦の特集をしているのですが、戦死者総数については私の調べた数字を使っているのですよ。出典は明記されていませんでしたが（笑）。まあ初めて公《おおやけ》に認知されたのかなとも思いました。

半藤一利著『昭和史をどう生きたか』（著者との対談で）

死者と親しくなったとき

ミッドウェー海戦の最年少の戦死者は十五歳、大正が昭和へ変る一九二六年生れだった。一海戦の敵味方をふくむ全戦死者と遺族の人生を書き（『滄海よ眠れ』『記録ミッドウェー海戦』）、戦闘以外の死の状況を再現する仕事をした（『ベラウの生と死』）。どの視点から見ようとも、あの戦争を肯定できないわたしの根底にあるのは、親しくなったこの「死者」たちである。

『わたしが生きた「昭和」』

敗走兵士が恐れた味方兵

ガダルカナルではないが、敗走中、友軍兵士の群と出会うのがいちばんこわかったという話がある。兵士たちは、通りかかった味方兵士の肉づきを刺《さ》すような視線で見たという。意識のあるまま飢えのどん底までゆけば、起きてはならないことも起き得る。

『自決　こころの法廷』

＊ガダルカナル……昭和一七年（一九四二）八月から翌年二月にかけて日本軍が戦った西太平洋ソロモン諸島の島。多くの軍艦や航空機、兵力を失い撤退にいたる。食料、弾薬の補給もなく戦さを強いられた兵士が少なからず餓死した。

戦地の〝栄養失調〟とは

ガスパンの第百二十三兵站《へいたん》病院に配属になった人見健造軍医の「栄養失調者解剖の記

録」が『栄光の五十九連隊』にある。ジャングルの病院でおこなわれた解剖検査の結果、〈死亡者の肝臓は三分の一以下に縮小、皮下脂肪の著しい減量、中でも腸管粘膜の襞《ひだ》が殆んど消失して鳥の腸のように滑らかになり、芋のつるや葉っぱが主食となって蛋白質を摂らない状態での生存の為の適応即ち悲しい迄の生きる為の努力が人間の身体の中で行われている事が解った。其の他脊髄前角の出血、神経炎や中枢神経等生命の限界を越えた所見もあり、栄養失調による影響が如何に大きいかが実証された〉と書かれている。

『ベラウの生と死』

＊ガスパン……パラオ共和国（現地ではベラウと呼ばれる）の、バベルダオブ島の南部にある州の名前。パラオ共和国の統治権は、第一次大戦後にドイツから日本に移されていた。

抱きあう遺骨

コロール島アルミズ水道近くの通称幽霊島で、三十一遺体を確認収容した。洞窟の天井から針金のように植物の根が垂れさがり、遺骨にわけいっている。三、四体ずつ抱きあったような形の遺骨はとけてひとつになってゆくのか、分ちがたくかたまっていた。栄養失調で死んでも、遺体の養分を求めて植物は貪欲に根を張る。遺骨には木の根が縦横に入りこんでいるのだという。遺骨から生えた形になる。

『ベラウの生と死』

＊コロール島……パラオ共和国の島のひとつ。日本は統治権を得た際、この島に南洋庁をおいて統治の拠点とした。

座間味の「村民自決」

座間味《ざまみ》島は昭和二十年三月二十三日の空襲でほとんどの家屋が被害を受けた。米軍の沖縄攻略戦の橋頭堡《きょうとうほ》となる慶良間《けらま》諸島の占領作戦であり、二十五日には上陸目前となった。その夜、座間味島の人々に忠魂碑前へ集合するようにという連絡が伝わる。しかし人々が集まりはじめたときに艦砲射撃があり、集まった人たちは散り散りになった。いわゆる「集団自決」は上陸日となった三月二十六日におこなわれている。

手榴弾、機関銃と銃剣、カミソリ、猫いらず、そして首吊り。

産業組合の壕では六十三人が死亡、全員が死亡しているためにその手段を確認されていない。

生後二ヵ月あるいは九ヵ月といった赤児をふくめ、自決した死者の半数は十五歳以下の子供である。おなじ壕で生きのこった人たちは重傷を負っていた。親の手で吊るされた二歳の子もいる。

慶良間島では、生後五、六ヵ月の子と三歳の子が「小さな木に猫でもぶらさげるように」吊るされ、隣の木にはその姉にあたる子供二人が肩を抱きあって座るような形で、そして父親と長女、さらに母親もぶらさがり、一家全滅した光景が書かれている。

家族単位に「始末」しあい、最後に死ぬはずの人間が死にきれずに生きのこるむごたらしい死と生。座間味出身二名、阿嘉出身二名の名前を「巣山資料」からよりわけたとき、「村民自決」の地獄図がうかんだ。

『ベラウの生と死』

＊巣山資料……宇都宮の第十四師団に属した歩兵第五十九連隊の記録のうち、この連隊が満洲の第六軍所属としてチチハル移駐を終えた昭和十五年（一九四〇）以降のもの。連隊本部の

書記として敗戦を迎えた陸軍曹長巣山隆男が、記録を書き続けもちかえった。

日本陸海軍にとっての真の恥辱とは

米軍にとっては、沖縄戦は第二次世界大戦最後の死闘になった。他の戦線にくらべて米軍の犠牲は大きかった。

どの作戦にも記録者(カメラとペン)を同行しているのが米軍の特色だが、報道カメラマンのとった「カミカゼ」襲来のニュースフィルムを見たことがある。甲板上で傷つき倒れた戦友のそばに跪《ひざまず》き、全身ふるえている若い兵士は胸の前で十字を切り、祈りをささげていた。恐怖の実際の姿として、圧倒されるシーンだった。特攻機は撃ち落され撃ち落されつつ、あとからあとから突っこんできた。

日米両軍ともによくたたかい、犠牲を出したと言っても、日本側は老人や子供をふくむ非戦闘員の死者が戦闘員の死者を上まわっている。これは沖縄作戦をおこなった日本陸海軍にとっての致命傷、恥辱ではないだろうか。責任能力をもたない市民を戦火にひきずりこみ、死へ追いやった拙劣かつ同胞に対する非情な作戦——。それが沖縄戦であったように思える。

俳句に命を救われた戦争末期の石堂清倫

石堂清倫《いしどうきよとも》さんという人は、ジャーナリスト出身の社会思想の研究家でしたけど、たいへんな恋愛結婚をなさったんですね。昭和初年の左翼活動を経て、転向後、当時の満洲へ渡り、満鉄の調査部に入った。戦争末期に満鉄調査部事件が起きて、検挙されてしまう。そして監獄をたらいまわしされたのだそうです。酷寒の満洲の冬に、政治犯は裸にされて水をかけられるようなひどいリンチを受け、隣房同士で励ましあっていたノックの音も次第に返事が返ってこなくなる。もう戦争は負けるとわかっているのに、命がもたない……というときに、最愛の妻から葉書が一通届いたのだそうです。そこに書かれていたのが、中村草田男《くさたお》の〈玫瑰《はまなす》や今も沖には未来あり〉という俳句。良いでしょう？　はまなすが大連に咲いていたかどうか、私は知らない。でも、そのとき、両手両足を凍傷でひどくやられて、自分で脱ぎ着もできないようになっていた石堂さんのところにこれが届いた。「ただ寒くて、もうだめかもしれないというときに、この句がどれだけ私に温もりをくれたかわからない」と言うのです。

この句、草田男さんは、こんな情況で温もりになると思って書いたものじゃないでしょう。でも、厳しい検閲のもと、ほかのものは一切通らない、希望を持てという言葉は届けられないときに、この句は通ったんですよ。そして、希望を与えた。だから、私は、これまで俳句というものに対して、あまり関心を持たずに生きてきたけれども、俳句という短詩型の強さというのは素晴らしいと思いますね。日本人は、やっぱりこれを大事にしなきゃいけないと思う。

佐高信著『佐高信の余白は語る——省略の文学と日本人』（著者との対談で）

昭和二十年七月、内閣情報局が削除を命じた箇所

ポツダム宣言の正式文書は『日本外交年表並《ならび》に主要文書』（上下二冊の下巻）にのっている。「米、英、支三国宣言」とあるが、八月十日以後、ソ連政府がここにくわわることになる。

内閣情報局が抜粋の宣言文から削除を命じた箇所は興味深い（『大東亜戦争全史』）。

「日本国軍隊は、武装解除の後家庭に帰ることを許され、平和的生産的な生活を営むことを与えられる」（第九項）及び「連合国は、日本人を民族として奴隷化し又は国民として

滅亡させようとしているものではない」（第十項）

この文面によって、日本国民が戦う意味を見失い（戦争指導にしたがうことをやめ）、ポツダム宣言を受諾して平和な生活にもどりたいと考えることを為政者たちがおそれたための削除である。

敵国人を「鬼畜」と信じこまされ、捕えられる屈辱と恐怖心から多くの集団自決は生れた。ここで削りとられている文章のもつ意味は小さくはない。

『自決　こころの法廷』

＊ポツダム宣言……第二次世界大戦末期の昭和二十年（一九四五）七月二十六日、ドイツのポツダムに米英ソ首脳が集まり戦後処理について会談した。その際、米英中名義で発表された日本に対する降伏勧告宣言のこと。八月十四日、日本はようやくこれを受諾。

「黙殺」とスターリン

「黙殺」の英訳が不適当で、連合国側に悪い心証をあたえたという意見がある。しかし日本語の「黙殺」は否定のなかでも強い表現であり、二度にわたって新聞記事になる「不手際」は、三国の対日声明を軽く見たことによる破綻であった。「戦争に敗れる悲しさ」とは、つかむべき機会、誘いに反応できない鈍さ、視野狭窄、バランス感覚喪失のことかとさえ思う。

ソ連政府は七月十八日（ポツダム宣言発表の八日前）、終戦斡旋のための近衛特使の派遣に拒否を回答していた。同日、ポツダム会談の席上でスターリンは日本政府の〝依頼〟を語っている。本来、外交とは自国の利益を守るために政略、戦略をつくす武器を使わないたたかいであり、スターリンに非があるとは言えまい。喰うか喰われるかの対決とも言える。ポツダム宣言とソ連の斡旋をおなじ秤《はかり》にかけるどころか、後者を優先させていた日本の指導者たちの政治感覚が問題だったと思う。

『自決　こころの法廷』

原爆投下を正当化する「口実」

ポツダム宣言受諾のほかに選択の余地なしの事態にあって、「黙殺」は相手に絶好の口実をあたえた。一日のびれば一日分、二日のびれば二日分の被害がます勝ち目のない戦争。失われてゆく生命を考える切実さの希薄さ。外交交渉にはタイミングがあり、同時に外交交渉を打ち切らない「接点の持続」という最低必要条件がある。「黙殺」はそれらを打ちこわした。

「黙殺」云々がなくても、避けられない事態という見方はある。原子爆弾の実験成功は、ポツダム会談中のトルーマン大統領に告げられている。戦後の冷戦をひかえて、「使うこと」が急がれた。ソ連の参戦はヤルタ会談でルーズベルトのスターリンに対する「要請」に応じる形できまっていた。時期はドイツ敗退から三カ月後である。「黙殺」につづく事態。アメリカは自国民に対しても原爆投下を正当化する「口実」が必要だった。日本はその「口実」をあたえた。

『自決　こころの法廷』

ポツダム宣言の受諾がひきのばされた理由

八月、広島と長崎に原子爆弾が投下された結果、もはや選択の猶予もなく、連合軍側から提示されていたポツダム宣言受諾、無条件降伏のはこびとなるが、原爆投下以前に敗色はおおいがたく、世界を相手に戦争を継続する国力も民意も、もはや存在してはいなかったのである。

日ごとに犠牲の数をふやしながら、八月十五日までポツダム宣言の受諾がひきのばされた理由はただ一つ。軍部や官僚、政治家など、当時の日本の政治支配者たちが、国体の維持つまりは天皇制存続の確証を得ようとして、最後の逡巡《しゅんじゅん》をつづけていたからであった。

『忘れられたものの暦』

原爆投下に問う

二十世紀の人類は、「原子力」の秘密の扉をあけた。この影響力を消去し、被害を救済する決定的手段をみつけられないいまま。

さいしょの人体実験が、ヒロシマへの原爆投下だった。日本軍の呼号する「本土決戦」による米軍GI五十万の命を救うためだったというのは言いわけでしかない。どうしても原爆投下は避けられなかったという人に問いたい。なぜ、ナガサキが必要だったのか、と。

二発の原爆は違う性質のものだった。「ヒロシマ」をどのような詭弁で正当化しようとも、ナガサキの被爆とあわせて考えれば、まさに原子爆弾の実験そのものだった。犠牲に供されるすべての生あるもののことなど、思慮の外にある。

松本重治《しげはる》の「男だて」

ある賞をいただいたとき、先生が電話で「おめでとう」と言ってくださったことがある。「わたしみたいな者が、恥かしいです」と申し上げると、「当然だよ」と言われた。こういう余人のなし得ない喜びを、どれだけ多くの人々に贈られたことかと思う。国境を越え、もちろん思想の違いを越え、理解しあい、友情をもちあうことがいかに大切であるか、その理想に生涯をかけられ、みごとな「男だて」の人生を生きられた。……米寿の会に招いてくださったとき、「澤地さん、きものはいいねぇ」と言われた声も耳にある。樹齢を重ねた巨木が、緑濃い葉を繁らせて樹下に旅人を憩わせるような、なんともいえない包容力をもっていらした。ちょっといたずらっぽい声で、「このごろ景気がいいっていう話を聞いているよ」と言われたのは、わたしがどうにかもの書きとして生きてゆけそうになった頃の会話にはさまれていた。先生のお好きな「男だて」は、先生のなかにこそ凜然としてあり、それがいささかひねくれ者のわたしの突っぱりをもみごとに軟化させたのである。

『地図のない旅』

『時のほとりで』

石川啄木に祈る

最後の元日の朝、

今も猶やまひ癒えずと告げてやる文さへ書かず深きかなしみに

と賀状に書いたあなた。「どうか今年はいい事が沢山あつてくれ――君のためにもさうして僕のためにも」とあなたは書いた。「今年はいい事が沢山あってくれ」と私もこの年頭に祈るでしょう。

死んだ日の二十六歳のまま老いず、永遠の青年石川啄木。あなたののこした意志の言葉がすこしも古びてゆかないことが、私の悲しみであり痛苦でもあります。さまがわりした日本の風俗にあって、精神の土壌は旧態依然であることを、あなたの作品を通して考えてゆこうと思います。

（一九九一年）

『「わたし」としての私』

節子が完成させた啄木の人生

啄木の日記はその作品を補うとともに、独自の高い証言性をもち、啄木の評価の上で不可欠のものである。そこには、啄木が身をもって切りとった「明治」という時代がある。

もし節子が「愛着」を示さず、むしろそこに語られている夫婦の姿を消すことを優先させて夫の指示にしたがっていれば、啄木の日記は千葉の海辺で焼かれた。未完成な死をとげた啄木の評価はかわらざるを得なかったはずである。

節子は夫の遺稿の散逸を防ぐべくきわめて慎重であり、日記が啄木の作品としてのこされる価値をもつことを認めた最初の読者となった。

文学も思想もふくめて、啄木の人生は辛うじて節子によって「完成」させられる。これが啄木と節子の結婚生活の「成果」であった。


『石川節子——愛の永遠を信じたく候』

ものかきとしての誇り

事実にもとづいて書いてきた人間は、事実から離れることがこわい。細い丸太橋を直立してわたる気分である。そういう人間には小説は向いていない。そして、小説の書けない「臆病さ」に、ものかきとしてのわたしの誇りもある。

『ひたむきに生きる』

身についたヨロイ

両足が地面に強力な粘着剤ではりついているみたいに、たしかに感じとれること、具体的な事実を土台に、考え、判断するのがわたしの仕事のやり方です。証明のできない不確かなことは「事実」として認めないこの立場は、ヨロイのようにわたしの身についています。

『高木仁三郎著作集　第十一巻　子どもたちの未来』

話を聞くコツ

忘れたい記憶というものもあって、長年にわたって無視しつづけると、きれいに記憶は干物《ひもの》になり、消えてしまう。しかし思い出そうという努力の時間をかけると、それはまるで水気をよぶかのようになり、ペッタンコだった記憶が潤《ほと》びてふくれてくる。

聞き書きや思い出の記を書くには、どこか一カ所、繭から糸をひくときのような「口」をみつけるといい。それもなるべく視覚的なものがいいと思う。

老人たちの話を、「ああ、またはじまった。もう五回も聞いたわ」と憎まれ口をきくよりは、要点をメモして積極的に聞く方がいい。


『手のなかの暦』

混沌をくぐりぬける確かな方法

事実が多面性をもつことを、私は書き手となってはじめて認識した。人間とはまことに複雑な存在である。楽器が奏者によって千変万化の音をだす以上に、はかりがたい多様さをもっている。

その人間によって生れる事件は、たとえば、いつ、どこで、だれが死んだという一つの事実はあっても、事件の総体は重層的な要素にしっかりとりかこまれている。歴史がらみの出来事の場合にとくに感じることだが、かならず作為がほどこされ、歪曲があり、隠蔽《いんぺい》がある。その混沌をくぐりぬける確かな方法は、第一次資料を納得ゆくところまで追求する以外にはない。

「自分史」を書くならば

定年退職をした人、あるいはその配偶者の「自分史」を代理出版してくれるところがふえた。販売ルートに乗りそうはない私家本である。……残念なのは、その書き方である。思い出すままに流されるように書き、「証言」になる確かさを欠くこと。裏づけをきちんととってあれば、売れゆきは別として、資料として貴重なものになると思われる作品を目にするとき、残念であり、惜しいと思う。聞いた話、もしくは体験についてごく初歩的な確認作業をやっていないので、書いたものは背骨が軟弱である。一次資料になり得るつよさ、証言性に乏しい。

書こうという気にはやっていきなり書いてみても、内容がきちんとつかまれていなくては、文章もいいものにはならない。どんなに「名文家」を自負している人にとっても、「調べて書く」ことは手ごわい。

内容よりも文章に歌わせる手法も確かにある。しかし、小説であれドキュメンタリーであれ、ごくかぎられた〝天才〟は別として、文章に歌わせた効果は長いいのちをもたないものだ。

『道づれは好奇心』

人生の案内人

わたしは「案内人」という言葉が好きです。英語なら「ガイド」ですね。道案内を意味するガイドというよりももうすこし重みのある、人の生き方の内側にかかわってくる役割を果す人。

「人生の案内人」とよびましょうか。

わたしはいま七十一歳ですが、今日までの人生のなかで、じつに多くの「人生の案内人」に出会いました。わたしは間ちがえもたくさんしましたし、くりかえして迷ったり希望をうしなったりもしました。でもいつでも、どこかに、直接あるいは遠くから声もかけずに、ほっかりあたたかい理解を示す人がいて、生きてゆく勇気をあたえられてきたと思います。それが今日までわたしを生きのびさせ、さらにはわたしの人生を豊かでしあわせなものにしてくれています。

『高木仁三郎著作集　第十一巻　子どもたちの未来』

志村喬《たかし》夫人の忠告

『男ありて　志村喬の世界』を書いていたあるとき、志村喬夫人の政子さんが、

「なぎなたでなく、せめてこだちにしなさいね」

と言った。なぎなたは薙刀とわかったが、コダチ？　木立ちってなんのことだろう、なんの木かしらとわたしは思って、曖昧な返事を返した。

しばらくして、また言われた。

「澤地さんはやっぱりなぎなたかしら。いいじゃない。ぐにゃぐにゃになっちゃったら、あなたじゃなくなるものね」

「この間、こだちって、木の木立ちのことと思っていたけど、違うのね。あ、わかった。小太刀？」

「そうよ。なぎなた振りまわしていると辛いでしょ。もう小太刀にかえたらと思ったの」

薙刀をふりまわすようなもの書きの女というイメージを、お目にかかる以前に、政子さんはもっていた。十八年も以前のこと。それを夫人から聞き、わたしに知らせてきた向田邦子さんの、嬉しさきわまるという声と笑い。わたしも大いに笑った。

『時のほとりで』

志村喬がたどりついた境地

志村喬さんは一九八二年二月十一日、七十七歳の誕生日を目前に去ってゆかれた。

その前年夏、向田邦子さんが飛行機事故で亡くなっている。五十一歳だった。彼女は志村さんと政子夫人をわたしに引きあわせてくれた人でもある。向田さんの事故死のあと、一病をもつわたしに、電話口へ出た志村さんが、

「あなたは、どうです?」

と体調を聞いてくださる日がふえたが、志村さん自身、肺気腫をかかえた俳優生活の最後近くにおられたことになる。

志村さんはわたしの亡父と同年同月の生まれということもあり、わたしは親身な感情をもち、志村さんもなぜかよく話をしてくださった。

「としをとって、巌《いわお》に花咲くというような役者でいたいと思う」と語られたこともある。

志村さんが去られてから、政子夫人がこまやかに「志村喬という人」を語ってくれ、そこに忘れがたい言葉があった。

「いいじゃあないか。いつか、かならずわかるときがくる」

「これがわが生き方」といえる、確乎とした人生をかさねてきた人だけが到達できる自信、そしてとらわれない境地。

秘めた怒り、たたかい。にじむ涙。そしてユーモアのある志村さんに、不満や愚痴とは縁のない、淡々としていつもかわらぬ見事な人生の終幕を見せてもらった。

じつにおしゃれでもあった。


『道づれは好奇心』

高倉健のひと言

志村さんが亡くなってしばらくたった日、高倉健が弔問に訪れた。その帰りぎわ、夫人は「健さん、わたし死にたい」と心の底にある思いを口にした。高倉健は言葉もなく立っていた。予期はしていても、現実に死と向きあったとき、悲しみは生きのこったものを狂わせるほどはげしく襲ってくる。志村夫人の涙を黙って受けとめていた高倉健は、

「自分は明日、ロケで南極へ行きます。帰ってくるまで、死なんでください」

と言って去った。

『男ありて　志村喬の世界』

青山通りで見かけた藤原義江

何年前になるだろうか。静かな雨の降る一日、わたしはタクシーで青山通りを走っていた。渋滞してほとんどとまっているような状態になって、車が歩道近くの位置にいたこともあり、わたしは窓外の人の流れを見ていた。

杖を手に、不自由そうな様子の長身の男性が、ほんのりピンク色に上気した顔に、仏かと思う美しい笑みを浮かべて身をかがめているのに気づいた。その視線のさきには、バギーカーに乗せられた幼児がいた。

声楽家の藤原義江氏の晩年の一瞬である。

あれほどいつくしみと喜びの溢《あふ》れた笑顔をわたしは知らない。

『ひたむきに生きる』

平林たい子の断言

周囲のほとんどがワープロに転向したなかで、わたしはわが悪筆にこだわりつづける。

肉筆で書かれた文字は、未知の人であれすでに知っている人であれ、その人の気質や、ときには知的レベルを如実に示す。

かつて、平林たい子さんは、読者から送られてくる小説の生原稿に悩まされることを語り、確かな声で言葉を結んだ。

「しかし、字を見ただけでわかります。小説を書ける人かどうか」

雑誌記者であったわたしは、蒙をひらかれる思いがした。


『一人になった繭』

佐多稲子の「終の衣裳」

一九九八年十月、佐多稲子さんが亡《な》くなられ、出棺の前にお別れに行った。

柩《ひつぎ》のなかの佐多さんは、「平穏な寝顔」を花に包まれていたが、ゆるやかに着せかけられていたきものは、久米島紬であった。

鳥や花、星や流水をこまかな絣《かすり》に織りだしたしぶい焦茶色《こげちゃいろ》のきもの。長年愛用されて着なれ、幾度も水をくぐったに違いない久米島紬は、やわらかくしなやかに変化しつつ、本来の光沢といのちを保っていた。

佐多さんの仕事も、容易ではなかった人生の哀歓も、すべてを吸いこんで、これ以外の一枚はあり得ないと思わせる「終《つい》の衣裳《いしょう》」であった。

『琉球布紀行』

柳家小三治に惚れて

小三治《こさんじ》さんの落語は、この人が客にこびない、きわめて自然に話に入ってゆき、客と対等ではなく、もっとおおきく、自信をもっている勁《つよ》さだと思います。

そばをすするうまそうな音、そして小さな舌打ち、その間《ま》。都心の大劇場や有名な小屋ではこうはゆかないのかもしれません。

歯切れがいいし、いい声をしています。わたしはCDの全集で小三治さんにいわば惚れたのです。着物の好みもいいし、行儀のいい人。こういう寄り道をときどきやって、わたしは息をついています。

『海をわたる手紙　ノンフィクションの「身の内」』

井上ひさしへの約束

調べに調べ、人の心に響く作品をと努力をしてきた井上さんの生涯最後の作品は、小林多喜二を描いた『組曲虐殺』でした。その芝居の中で、井上さんは「あとに続く者のあるのを信じて走れ」という台詞をつくっています。私は走れないいんだけれど、走れなくても、ちゃんと井上さんの気持ちを継いで生きていかなければならないと思っています。ここで私たちが蹲《うずくま》ってしまうことを井上さんは喜んではくれない。井上さんの努力や残された素晴らしい作品を思うと、やるしかありませんね。私たちも、何とか少しでも立派であるように生きていきますよ、と井上さんと約束したいと思います。

『井上ひさしの言葉を継ぐために』

小田実が繰り返し言ったこと

小田さんは多くの言葉を残しています。その中でも忘れることのできないのが、「ひとりでもやる。ひとりでもやめる」という言葉。いろいろなことをやるとき、勇気を試されるときに、「ひとりでもやる。ひとりでもやめる」というのは、とてもいい言葉ですね。

小田さんは繰り返し、こういうことを言っていました。「小さな人間には小さな力がある。大きな人間は大きな力をもっている」。この大きな力は、経済や文化、政治や外交など、そういうものを動かしている。「しかし、……」ここからが大事です。「しかし、大きな人間が、たとえば、戦争をやろうとする。しかし、それを実際にやらされるのは、小さな人間である。そうなると、小さな人間がみんなで嫌だと言ったら、大きな人間は何もできないのだ。力はないのだ」と。

皆さんも、そして私も、小さな人間であることに誇りをもちたいと思います。

『憲法九条、あしたを変える——小田実の志を受けついで』

北御門二郎が愛したトルストイの言葉

今日は、憲法記念日の前日。若い日の徴兵拒否以来、非暴力の理想に生きる北御門《きたみかど》さんが愛するトルストイの言葉をここに書きとめたい。

「戦争は、人々がいかなる暴力行為にも参加せず、そのために被《こうむ》るであろう迫害に耐え忍ぶ覚悟をした時、初めてやむ。それが戦争絶滅の唯一の方法である」

「真理」とはごく平凡なこと。実現するためには武力はもとよりお金もいらない。一人々の決心ひとつにかかっている。日本が世界に誇り得るただひとつのもの「平和憲法」を読み返すべきとき。いのち燃える新緑の美しい日。

『時のほとりで』

中村哲を誇る

今日、アフガニスタンで医療支援、かんがい用水路開削支援を続けているペシャワール会から会報の号外が届きました。アフガニスタンの砂漠化したところで、二〇〇八年に伊藤和也青年が亡くなったあと、現地代表の中村哲さんはたった一人現地に残って、お医者さまなのに聴診器ではなくて重機のハンドルを握って水路を掘り続けてきました。そして、絶望的な状態の中から麦が実り、その緑の麦の穂の波うつ様子が写真で送られてきたのです。あの水路をつくる費用に一六億円がかかったそうです。それは日本人の寄付と会費によって賄われたもので、日本国政府は一円も出していません。こういうことを、私たちは誇りにしてよいのではないでしょうか。日本人は捨てたものじゃないですね。

『加藤周一のこころを継ぐために』

巨きな人、中村哲

どん底の人たちとの密接なふれあい、多くのボランティアや働き手と生活をともにして、中村医師は無類の「人間好き」になったと思われる。「人は愛すべきものであり、真心は信頼するに足る」という一つの結論を胸に、医師は今日もアフガンの空の下、水路の完成に全力をあげている。……中村医師は、若い人に希望を見出している。

当節ではめずらしい理解者、支持者がここにいる。

練馬の会での質疑のとき、「なぜいまの仕事に？」と青年に問われ、すこし考えてから、「やはり、運命、さだめのようなものを感じます」と医師は答えた。

多くの人との縁《えにし》が、かねてから約束されていたかのように、中村医師を人生の各章へいざない、支え、生きのびさせてきた。恵まれた人生と中村医師は言う。苦労をみせぬごく自然体の人に、私は「巨きな人」を見た。

中村哲著・（聞き手）澤地久枝『人は愛するに足り、真心は信ずるに足る
——アフガンとの約束』

大岡昇平への追慕

戦争について書きつづけた文学者として、大岡昇平氏を私は尊敬し、追慕の思いをいま

も大切にしている。大岡さんは恋愛小説はもとより歴史小説も推理小説も書き、その文学的業績の高さはいまさら私が書くまでもない。しかし、ノンフィクションを書く人間として、ドキュメントの『レイテ戦記』（中央公論社刊）を書いた大先輩としての大岡さんのことを声を大にしていいたい。仕事が辛く思われる日、ひどくなつかしく思い、気をとりなおしてまた仕事にもどってゆく活力をもたらしてくれる人と作品、苦しいときに救いを求める「かくし財産」を何人か私はもっているが、大岡さんの存在は特別のものがある。

『「わたし」としての私』

大岡昇平の口調

大岡さんにはべらんめえの江戸っ子調と、ご両親のご出身が和歌山ということがあり、奥様が神戸の人ということもあって、関西言葉をうまくミックスさせ、そのときによって使い分けていらした。べらんめえで話をなさる大岡さんもとてもすてきでしたが、関西弁でものを言われると、これまた「ああ」というようにいいところがあって、なにしろ魅力的な人だったとあらためて思います。

『大岡昇平の仕事』

日の丸と大岡昇平

大岡さんは日の丸について、今みたいに日の丸、君が代が強制される前に、「自分は、日本が外国の軍隊に占領されている、つまり基地がある限りは日の丸は掲げない」と、はっきり書いています。大岡さんは、決して政治的な人ではないけれども、発言が政治的になることを厭《いと》わなかった人です。

『世代を超えて語り継ぎたい戦争文学』

大岡昇平の涙の粒は

戦争が終わってはじめて、大岡さんが捕虜になったミンドロ島へもまわる遺骨収集の船が出るとき、その「銀河丸」という船が出航していくのをテレビで見て、死んだ僚友たちに呼びかけて、「おーい、みんな」で始まる長い詩を書いていらっしゃいます。

自分の部隊ではほとんどが死んでしまって生き残らなかった。「大岡、おまえだけは生かして帰してやりたいよ」といった僚友――「戦友」と書いていないのです――も死んだ。それからまた、マラリアがあまりつらくて銃を捨ててしまった大岡さんの処置に困りながら、しかし、非常に理解があって大岡さんを救った中隊長、軍人になる学校を出た人ではなくて、幹部候補生から出てきた徴募の兵隊上がりの中隊長、その人も死んだ。そういう人たち一人一人の名前を挙げて、自分は生きのびている、しかし、幸せではないし、死んだおまえたちのことを忘れたことはないんだ、ということを涙ながらに書いた長い詩があります。

大岡さんはとても率直な方だと思います。そしてまた、私は大岡さんの涙粒はとくべつに大きいと何度も思いました。大岡さんは、私のような後輩に向かって戦争体験の話をなさる。そして自分は生きて帰ってきたけれども、帰ってこなかった大勢の人間に一人一人かけがえのない人生があった、ということを言いかけたときに、たいてい絶句なさる。

大岡さんの涙の粒ってすごく大きいのです。そして、透明なのです。私は男の方があんな大粒の涙をこぼして泣かれる場面に、あまり出合ったことはありません。男性の涙に出合ったことは何回かありますが、大岡さんの涙はほんとうに透明な玉のような涙でした。バラバラ涙がこぼれ落ちる。ほんとうに大岡さんの涙粒というのはなんときれいで、大きいのだろうと思うくらいの涙をたくさん持っていらして、追憶をするときに自然に涙が溢れ出る、そういう大岡さんの姿を、私は何回も見ました。

『大岡昇平の仕事』

＊ミンドロ島……フィリピンの島。太平洋戦争中は日本が占領していたが、昭和十九年（一九四四）十二月、米軍が上陸。従軍していた作家の大岡昇平は山中に後退したのち俘虜として米軍に捕らえられた。

戦争を知らない人間は

戦後、大岡さんは実体験を背景とする『俘虜記』や『野火』を書くと同時に、あの戦争を大局から描く大著『レイテ戦記』をお書きになった。エピグラフには、

「死んだ兵士たちに」

とあります。

その大岡さんのことばに、

「戦争を知らない人間は、半分は子供である」

というのがあります。

いまの人たちは、

「その時代には生まれていませんから、知りません」

「学校で教わっていません」

というのがとても得意なのよね。わからないわけではないけれど、それはもういいかげんにしてほしいと思う。

小学生、中学生ならともかく、四十面さげた人が、

「当時は生まれていませんから、戦争のことなんて知りません」

という。それはないでしょう。生まれていないと言えば、いまや六十の人だって戦争中に生まれていないんです。

『未来は過去のなかにある——歴史を見つめ、新時代をひらく』

譲れないもの

米軍が連合国の占領軍として日本全土にいた時代が七年つづいた。憲法は占領下で生まれた。

もしそれが、陸海空三軍をそなえ、集団的自衛権を保持して、軍事同盟下の他国の戦争に参戦可能（義務を負う）の憲法であったら、日本はどういう歴史を歩んだだろうか。

「理性の経路」をふむことを日本が決定すべきとき、とポツダム宣言にある。

基本的人権の保障、非武装平和主義を、憲法は明記している。押しつけられたというのなら、それ以前に存続していた憲法によって、世界を相手に戦争する道がひらかれていたことを考えてみるべきであろう。

かつて天皇は「絶対」であり、統治者であり、統帥権をもっていた。「神」であった。

自由民主党の憲法改正草案では、「元首」という言葉が「天皇」にくわえられている。「天皇」を使えば、どんなことでもまかり通った過去をなつかしむ人の発想である。主権在民、民主主義という、いま捨て去られようとしている憲法の基本姿勢を守り、最高法規としての憲法を守る。譲れない、というのがわたしの意志である。


『秘密保護法　何が問題か――検証と批判』

自分に課したこと

女たちはいま、男たちと同様、現在の政治に対してかかわることができ、したがって結果に対する責任をまぬがれ得ない。

政治的な人間と、非政治的な人間とがいるであろうが、政治はそのいずれの側の人間にも「公平に」影響力をもつ。いくら逃げても、政治と無関係に生きることなど、誰にもできはしない。わたしは「折あるごとに率直にものを言う」ことを自分に課したいと思う。

『手のなかの暦』

高度成長の人柱

二〇一五年の今、これだけは言いたいと思うことを書いておく。

草野比佐男氏の作品に「村の女は眠れない」という詩がある。

女たちは、東北で生きている。一九六〇年から七〇年代にかけてのこと。

なぜ、女たちは眠れないのか。

男たちは、いないのだ。妻や子をふるさとにおいて、遠い都会へ出稼ぎに行っている。

男と女――。抱きあって確かめあい、満たされて眠る。それが、ない。

なぜ、男たちは、都会へ出てゆくのか。

在所では仕事がないのだ。

現金収入が得られる確かないとなみとして、年ごとにくりかえされる出稼ぎがあった。

女たちはのこされて、農業をいとなみ、子を育て、疲れ果てて眠る。眠れない夜が過ぎてゆく。女も男も、かなしい。

　そのころ、日本中で橋がかけられた。川で、あるいは海でも。橋の建設工事は、橋桁の陥落など、事故をともなうものであった。高度成長へと坂道をのぼりはじめたころ、工事には、事故がつきものであった。

　事故のニュースには、かならず命を落した男がいた。まるで「人柱」のようだとわたしは思っていた。

　工事で死んだ男たちは、東北からの出稼ぎだった。

　戦争が終り、やっと「強制の死」からまぬかれる時代が来たとき、男たちはふるさとを離れた土地でいのちを終え、眠れない女たちは、片身の人生を生きつづけねばならない。

『秘密保護法　何が問題か——検証と批判』

働き者の悲しい祈りに

　昭和四十八年秋に、新潟県直江津市からバスで二時間半の寒村で、七十七歳の女性が自殺した。五十代の息子は、母の死のあとで語っている（「朝日新聞」昭和五十年四月二十六日付）。

「働くことだけが楽しみだった。足腰が弱って畑にでられなくなり、近くの年寄りが畑から作物をとってくるのを見て涙ぐんでいた。寒がるので電気毛布を買ってきたら、電気がもったいないと使わなかった」

この母もまた、遺書をのこしていた。

「コレホドタイセツニシテモライナガラ／ジブンノミガイヤニナリ／コンナシマツニナリ／ユルシテヲクレ」

母の歴史はなにを語るのか。余計者になってしまったら消えたいという働き者の悲しい祈り。その祈りを無用と言いきれる日があったのか。これからあるのか。

『昭和・遠い日　近いひと』

そんな繁栄はいらない

私は、技術が進む前の昔の日本列島の地図と、今の日本列島の地図を重ねてみたいと思う。山がどれだけ痩せて、海がどれだけ埋め立てられたか見てみたい。人間がどんなに自然をばかにしてやってきたのか、そういうことの上に経済が繁栄するのだったら、そんな繁栄はいらないと思う。

『われらが胸の底』

「知る権利」をから念仏にせぬために

日本では憲法第六十二条に国政調査権なるものがあるが、その行使をはばむ国家公務員法その他があって、いわば死文となっている。

だが、憲法第二十一条が保障した「表現の自由」は、本来無条件に認められるべきものであり、その前提にたって、国家機密、外交秘密をふくむすべての資料が、ある年限ののちに公開されるという立法措置がなされるべきではないだろうか。

やがて「公開」される前提のもとでは、いかなる政治家も官僚も、おのずからその姿勢を正さざるを得ず、国会や法廷において偽証をおこない、あるいは忘失をよそおって事実を陰蔽するなどの行為をなすことに「おそれ」を感じるはずである。このチェック・アンド・バランスなくして、民主政治も報道の自由も知る権利も、しょせんはみせかけであり、から念仏に終るのではないかと思う。

『密約――外務省機密漏洩事件』

アメリカの同盟軍ということは

いま戦争をしたいと思っている人は、珍しいと思いますよ。ほとんどいないぐらいだと思いますね。それなのに、無人爆撃機をつかって爆弾を落とす、落としてみたらそこには軍隊がいたんじゃなくて結婚式をしていた、というような戦争の仕方をするアメリカの同盟軍として戦争をしようということなんです。

『いま、憲法の魂を選びとる』

貧しさの裏返し

かつての日本人は、とても貧しくて、いいことは何もなく、貧乏で学校へも行けない、食べるのがやっとの生活だったと思うんです。それが、いまふっと気付くと、どこの家にも自家用車がある生活になっている。昔貧しかったことが裏返しになって強い保守感覚として作用し、本当の意味では豊かでもないのに、政治が変わると生活が変わるとおそれている。

『語りつぐべきこと　澤地久枝対話集』(佐藤忠良との対談で)

「誰が産むか」と思ってほしい

日本政府がドミニカに移民した人たちの起こした裁判に対してとった態度、あれはひどかった。一九五五年から、日本政府は「カリブ海の楽園」と称してドミニカ共和国への移民計画を推し進めたけれど、それはとんでもなくずさんな内容だった。移民ではなく、まさに棄民だった。今、人口が減ると言って騒いでいるけど、減ってもいいじゃないですか。さんざん、棄民をやっておいて、今は「産めよ、増やせよ」になりそうですよね。強制されたって「誰が産むか」って若い人に思ってもらいたい。産むのは個人の自由。

『それぞれの韓国そして朝鮮――姜尚中対談集』

＊ドミニカ移民……昭和三十年代に国の勧奨に応じてドミニカ共和国に移住したものの、約束されていた土地の無償譲渡が果たされずに、移住者は困窮を極めた。救済を日本国に訴えたが聞き入れられず放置された。

茨城県東海村臨界事故に寄せて

「狎《な》れ」と「無知」が生む横着と鈍感さ。万一、もしもの事故が起きたらどうするか。二重、三重、四重の方策をこうじ、万全を期してあつかうべきものが核エネルギーであろう。放射能による生命損壊と汚染の深刻な実態を、世界中のどの国よりも熟知し、対応がなされてしかるべき日本で、今回の無残な事故は起きた。核の力が人間の手を離れて暴走をはじめたら、いかに人間は無力であるのか、三度も証明する必要はなかった。

『私のかかげる小さな旗』

フクシマを失って

旅をして、静かな美しい海に出合って感動することがたびたびあります。しかし、それを口にすると、「いや、そのさきに原発があるのです」と言われました。

人口がすくなく、したがって地方自治体の予算も小さく、過疎の問題に直面している土地。海は美しく、自然もむかしながらのたたずまいをみせているところが、狙いうちされて、原発を作られたのです。電力会社や原子力研究所は、夢のような現金を積んでみせました。カネで横っ面をはたかれたのです。

「命はカネにかえられない」

と思いながら、原発建設を拒む知恵とつよさを持てなかった人びと。その人たちを見殺しにしたわたしたちの因果関係が、ほぼ五十年、つづいてきたのです。その果てのフクシマです。……フクシマは、歪んだ日本の暮しに対する啓示のように選ばれることになりました。あのあと、もっと早く、フクシマ問題の根本解決を論じあうべきであったと思います。

放射能に汚染され、消え去ることなく現在も進行している放射能の蔓延。人びとは家族をうしない、生業をうしない、住む家をうしない、ふるさとをうしないました。現在、中国、韓国、そしてロシアとの間で領土問題論議がさかんですが、「フクシマ」という固有の、日本人がそこで代々生きてきた大地をわたしたちはうしなったのです。

『ほうしゃせん　きらきら　きらいだよ――「さようなら原発1000万人署名運動」より』

おなじ過ちを繰り返す国

3・11の瞬間、被災地の方々は棄民になったと思った。この国はまだそれをやるのかと。「日本は一等国だ」なんて偉そうに言い、尖閣諸島だの竹島はどっちのものだ、と言っているけれど、そんなのは小さなことです。福島県は固有の日本の領土で、そこに大勢の人が住んでいる。その県がダメになっているときに何にもできない国って何だろうと思いました。何回も同じことを繰り返すんですね、この国は。

『ニッポンが変わる、女が変える』

官庁の体質は変わらず

いったい、官庁とはなんなのか。

明治憲法下にあっては、官庁は天皇の統治権を代行する「オカミ」だった。その体質はいまもって変わっていないらしい。官僚たちには、主権者に対するおそれと謙虚さが必要であるはずなのに。

政治家も企業家も官僚も、自分たちこそが国家であり、権力であると無意識のうちに思っているのだろうか。彼らがいなくなったら、一日として成立を維持できぬ日本の社会であると、かくて——。

われは知る、アナキストのかなしきかなしき心を

と、啄木まがいの思いをいだくことになるのだ。

『私のかかげる小さな旗』

トルストイの言葉

「おまえに愛国心はないのか」は、一種の踏み絵として使われることがありますね。それについて、日露戦争のときにトルストイが言った言葉というのは、とても示唆深いという気がいたします。……「私はロシアの味方でも、日本の味方でもなく、それぞれの政府によって欺かれ、自分たちの幸福にも、良心にも、そして宗教にも反して戦争に駆り立てられた両国の労働者の皆さんの味方であります」。

「非国民」とか「愛国者」とかという言葉を踏み絵にし、ドスを突きつけるようにして「お前はなんだ」という人たちには、このトルストイの言葉をもって私も答えたいと思うんです。

『トルストイの涙』

鶴見和子が死ぬ前に言ったこと

社会学者の鶴見和子さんはお亡くなりになる前に、「もう日本は終わりよ」といつも電話で言っていた。確かに船はどんどん沈み、今や上甲板を水が洗っているぐらいひどい。それなのに、選挙で自民党が圧勝しているとは耐えがたいわね。原発事故がもしもう一度起これば、日本なんてなくなります。

『ニッポンが変わる、女が変える』

今よき日本人は

このところ、日本人はほんとにダメになったと言われるけれど、昨日今日のことではない。ダメな日本人はいつの時代にもいたし、今、よき日本人は静かに黙している、表面に出ないということでしょうか。

城山三郎著『対談集――「気骨」について』（著者との対談で）

息するかぎり

「考える人」が求められている。「志」と「義」という旗をかかげる一人ひとりが、それぞれ工夫をして意志表明をし、あきらめないことだ。一人からはじまって、連帯の人間の絆《きずな》も生れる。

尊敬するある作家の個人的なメッセージに、

「息するかぎり　あきらめず」

とあった。その痛切な思いを共有したい。ふりかえって、「あの時が運命の岐《わか》れ目」となるであろう時点をわたしたちは生きている。あきらめるわけにはゆかない。

『私のかかげる小さな旗』

V

心の海にある記憶

静かに半生をふりかえる

書いたものは昭和史、戦争史のみにあらず。随筆には丁寧に生きるためのヒントが溢れている。たとえばそれは、幼い命に見出しているもの。女の人生に訪れる節目。独り暮らしを愉しむ知恵。着物への深い愛着。人生のつらさと向き合う術。……これらが記されたのは、四十年のあいだに三度もの心臓手術をしなくてはならなかったことと無関係ではない。その時間は自身の死と向き合う来し方でもあった。

過去は心の海に

過去をふりむいたために塩の柱となった「ロトの妻」の寓話を肝に銘じて生きた日もあります。忘れてしまいたい経験もしました。そしていま、すべてをしっかり思い出そうとしています。年齢のせいもあるかも知れません。記憶は心の海にあると感じるようになったのは、じっと遠い日を思い返し、かくれんぼしていたような失われた記憶が、どこか胸のあたりからよみがえってきたときでした。

心の海にはじつに多くのことがかくれていそうです。そしてそれはどこにあるかといえば、〝いのち〟といっしょにあるのだとわたしは感じています。

『心の海へ』

＊「ロトの妻」の寓話……旧約聖書の創世記第十九章に登場するロトとその家族の話。ソドムの街から脱出したが、神の忠告に背いて後ろを振り返った妻は塩の柱にされた。

自らに問わなくなったこと

「わたしとは、何なのか？」

若かった日、この設問は日常的といえるほど身近かにあった。しかし、今ではもうそういう自問自答はほとんどしない。あまり意味がないことを知った。どう生きているかという自覚と自己確認が必要なだけで、時間は絶え間なく降り積もり、生きているわたしがいる。

『道づれは好奇心』

温かい場所

人は誰でも過去を振りかえるとき、光のふりそそいでいた時間に熱いいとおしみをおぼえるのではないだろうか。思い出のなかの、ほっかりと明るく温い場所である。

『私の青春日めくり』

赤ちゃんに思う

赤ちゃんのにおいに包まれて私が思い返すのは、すでに遠い日に失ってしまった私自身。おそれも汚れも知らず、純白な処女雪のようなそして無限の可能性をもっていた日々のこと。もちろん、その後の風雪にもまれた人生の重さにはまた別な価値が生れはする。けれども、それだからなおのこと、すべての赤ちゃんが、すこやかで、恵まれた境遇で、人生の序章の日々を生きるようにと、私にはごく素朴な祈りに近いような気持がある。

『あなたに似たひと——11人の女の履歴書』

子供は知っている

親の方は知らなくても、子はね、親が何をしているか知っていますよ。母親が何をしているのか、父親が何をしているのか。子供だと思って馬鹿にしているけど、子供の方は実は知っていて黙っている。

『トルストイの涙』

その子の父と母へ

子供たちが手にあまるようになり、多少なりと暴力的傾向をみせはじめたとき、それまでともに暮してきた時間の内容をふりかえって考えるべきなのは、その子の父と母である。「社会」という外界へ出ていって子供が心に傷を受ける以前に、家庭の中にあって親たちが子供を傷つけてしまっていることはきわめてよくあることだからである。

『家族の横顔』

子供たちに伝えてほしい

生きることにゆるがぬ自信のある大人だけがいるのではないこと。大人もまた疲れたり失望したりしながら生きていて、ちゃんと眼を見合って話しあえる相手をほしがっていることを、子供たちに伝える方がいい。

相談をもちかけたときの、子供たちのやさしさをわたしは知っている。わたしには「わが子」とよぶ存在はないが、大人の心の傷を見せられたときの子供たちの反応のやわらかさ、大人びた応対といいたわりに感動したことは何度もある。

『ひたむきに生きる』

子供たちの報復

子供たちは生まれたくて生まれてきたのではない。親となることがどういう責任行為であるかに気づかず、わが子を「見殺し」にするような男女には、親になる資格はないと思うほどである。

どんなに暴力的な子供も、大人の組織的暴力の敵ではない。子供たちは基本的に弱者の側にいる。イジメも自殺も、大人になる日を待つことのできない子供たちの報復にみえる。

『ひたむきに生きる』

親子の合性

親は子に対して公平だというが、そうでないことはある。子供の方が親の真意に反して、愛されていないと思い、終生の心の疵《きず》になることもある。……親子であっても合性の悪さというものはあり得よう。だが実際は、どちらかがあるいは双方が愛情の表現にうとく、誤解のまま愛しあえずに終るのだ。

『好太郎と節子——宿縁のふたり』

神が祝福するいっとき

十六、七歳から二十一、二歳までの女性を見ていて、「ああ、神さまの祝福の時間をこの人は生きているな」と思うことがある。美貌であれ、「美貌」には縁遠い顔立ちであれ、肥満していようと痩せていようと、それぞれが全身に輝きをまとっているような時期がある。

失礼だが、その年齢では内面的なものは、まだほとんどないのにひとしい。しかし少女がおとなの女に変身しかけるほんの短い一時期、生理的にいちばん美しいというときがある。それは男性にも共通してあるように思える。

『私の青春日めくり』

女の人生の節目

男と女。夫、妻、そしてどちらかの愛人である男、女。この人間関係で、いったい誰が「悪者」なのか、ためらうことなく指さして断定のできる人間は、人生の深淵を知らぬ倖せな人であるのかも知れません。……男と女のはかりがたい関係がみえてくるのは、男性の場合は確言できませんが、女性の場合、私の経験でいえば三十代のはじめ、いわゆる女の厄年のあたりからであろうと思います。

女の人生にひとつの節目がくるのです。

『あなたに似たひと——11人の女の履歴書』

ひそかな思いとかさなった歌

この道を泣きつつ我の行きしこと
我がわすれなばたれか知るらむ
田中克己

三十八歳で二度目の心臓手術を受けた際の、百一日の入院日録につづくページに書いてある。当時も現在も、わたしは泣きつつ生きている人生とは思っていない。けれども、この歌を書きうつした心模様は見えてくる。忘れられる存在と自覚し、死を覚悟してむずかしい手術を受け、しかし生きて切りぬけたあとの、どう生きのびてゆくか思案する日々。死が遠ざかった実感のなかで、ひそかに思い定めるところとぴったりかさなった歌。「我がわすれなばたれか知るらむ」。

その思いを頼りにして、落ちこむ日も心が平衡を保っている日も、ひそかに顔をあげて生きようとしてきたと思う。

『心の海へ』

たとえ有能で経済力があったとしても

真っ白くて汚れのない人生、そういう人生も世の中にはあるのかも知れない。しかし、四十年生きれば四十年の汚れと疲れのある人生の方が、私には身近かに感じられる。人さまざま、過失もあり裏切りもあり、きれいごとばかりではすまない人生を生きて、そういう過去の暦の上に、現在どんな姿勢で立っているかが問題なのだと思う。……自らの意志で行動し、その責任を背負う姿勢がないかぎり、女はたとえ有能で経済力があったとしても、社会的な一人格たり得ず、半人前で、運命に翻弄される存在として終るということであろうと思う。

『密約——外務省機密漏洩事件』

五十代に姿をあらわすもの

五十代を生きてはじめてわかったことだが、それ以前のすべて、いかに生きたかというプラスとマイナスのすべてが、五十代において姿を見せる。

ひどい挫折であった出来事が、五十代を生きる女性の思慮深い瞳の色となり、傷ついてズタズタとなった心が、ようやく癒えた結果、他者の痛みを理解しわかちあう器になっているということもある。

シワやシミがふえ、白髪が目立ってきているとしても、五十年生きた人間のある「確信」は、そのひとに揺るぎないなにかをもたらしている。五十代になって、「水に落ちた犬」のようになるひとは、二十代から四十代にかけ、どこかでまともに生きることを放棄した歳月をもってはいないだろうか。

そして、五十代からふりかえる四十代は、みごとに若い女ざかりでもある。本人たちは気がついていない。私も四十代が魅力的な年代であることは知らずに過ごした。五十代の一年一年は、私なりに人生からひとつずつ答をもらっているような充実を実感しつつ生きたと思う。

『「わたし」としての私』

わたしの癖

「男の顔は履歴書である」と言ったのは大宅壮一だが、手はその人の「人生の縮図」ではないだろうか。年を重ねてゆけば、指の節は高くなり、手全体がこわばり、点々とシミもふえてゆく。十代から二十代へかけての、手や指のふんわりした美しさは姿を消す。

手をみつめるのがわたしの癖。

『地図のない旅』

「泣き顔」につけこむものあり

「泣き顔」といわれる顔は女性に多い。そして、これでもかこれでもかというように、不幸があいついで見舞うのも「泣き顔」の女性である。

わたしは「背後霊」などは信じないし、運命論者でもなく、一日は一日のいとなみの上に答を出すものと思って生きている。それなのに「泣き顔」人生についての〝偏見〟を消しがたくもっている。もし「泣き顔」が笑顔に変ったら、その人の人生も変ると思う。「倖せにならなくては笑顔になれない」のではなくて、苦しいときや辛いとき、あるいは悲しいときにこそ笑った方がいい。「泣き顔」はつけこまれる。誰に？　運命に——。

『一人になった繭』

どん底から這い出すとき

人間には、なりふりかまわぬ苦境にあってもある種の虚栄心がはたらき、小さなカケラほどのものでも誇りというものがあり、それがその人を救う。泣いている女が哀れに美しく魅力があるのは、通俗小説の描写か、女の涙がほどほどの点景として存在するときだけである。心から泣いているとき、どんな美女であっても鼻水がたれ、鼻が赤くなり、目は腫《は》れぼったく充血し、美女も醜女《しこめ》も、神は平等におなじ泣き顔をつくりだす。それが涙の生理なのだから。

絶望に泣き叫んだあとの顔を鏡でみて、「わたしは素敵だ」と思える人などはいないはずである。一言でいって、それは醜い。醜いと思い、惨めだと思ったとき、わたしたちはどん底からほんのすこし這《は》い出す。誇りと虚栄心を杖にして——。

人間のいとなみはすべて、「——なんでも最悪まで行けば止まります。止まらなけりゃ以前の所までのぼります」

とシェークスピアが書いているとおりであり、それが救いでもあるのだ。

『手のなかの暦』

人は変れる

昆虫などが身を守るために保護色になるのと似た適応性を、人間ももっている。必要が生じれば人は変る。生まれ変ったのかというほどに変化し得る。自分はこういう人間ときめてしまうことはない。生きてみなければ、(よくも悪くも)どんな可能性がわが身にそなわっているのか、誰もあらかじめ知ることはできないのだから。

『ひたむきに生きる』

わたしの心が血を流しているとしたら

わたしの苦しみは、わたし自身がかかわったことから生まれた。わたしは己れに対して原因をつくった加害者でもあった。

オーストラリアの古い飛び道具のブーメラン。投げると曲線を描いて飛び、かならず投げた人間のもとへもどってくるブーメラン。

わたしの心が血を流しているとしたら、わたしの投げたブーメランがもどってきて、心につきささったのだった。

あれは「兇器」としてのブーメランだったが、人生とは、人それぞれにブーメランをもつことではないだろうか。わたしはわたしらしい人生しか生きられない。わたしが問い、わたしが答える。わたしがタネをまき、わたしがそのとりいれをする。時代や社会とのかかわりがあるから、それだけですべてを説明することはできないが、「生きる」という行為は、ブーメランを投げることに似たところがある。

『ひたむきに生きる』

傷が刻印されるとき

傷は、一つの出来事だけでは生じにくい。ある打撃によって傷を受ける素地が心にあること、そして打撃が重なっておそいかかってくるとき、傷は傷としての刻印になって残る。

『家族の横顔』

人生も飛行機も

空母は搭載機《とうさいき》発艦の際にはかならず風に立つ。風速が弱ければ艦の速度をあげ、一定の合成風速をつくる。

わたしは長い間、追い風に乗って離艦するものとばかり思っていた。しかし、ある風速の風にさからって飛ぼうとすることによってのみ、飛行機は母艦を飛び立つことが可能となる。

なんだか人生に似ている。人も飛行機も、向い風のなかでこそ、翔《と》ぶのである。風が強すぎれば落ち、弱すぎても翔べない。

『手のなかの暦』

「苦役」のさきを彩色すれば

「愛」が効果的なエネルギー源、回復の促進剤になる月日はあっても、ごく短かい。もの書きのわたしは、三十年もこの仕事をしながら、たびたび、「いま心臓マヒが起きたら救われる」と思う。それは、前途の見えない仕事の八合目か九合目にやってくる。文章を書く苦痛から逃げたいのだ。そして、「この前の本もおなじように思いながら書きあげた。だから……」と自分をなだめて机にむかう。

家事だけが終点なしの「苦役」なのではない。勤め人の定年もまた「苦役」の一面をもっている。なんのために耐え、なんのために苦しくてもやり通そうとするのか、自分に問い、答えを出してみるといい。

嫌悪や苦痛を踏み台にして、さきに希望や喜びがあるよう生き方に彩色する。それは人それぞれ。本人にしかできない試み。それができたら、「半分」は前向きのアクセントとして生きてこよう。

『道づれは好奇心』

ダサくたって結構

おかしな言い方だが、いつもムキになり、なんとか人並みになろうと生きてきた自分自身に、わたしは好意をもっている。それを「真面目」というのなら、わたしは「真面目」がいい。「ダサイ」というのなら、「ダサイ人生万歳」と言ってやりたい。仕事でも恋でも、あるいは暮しのヒトコマでも、ムキになれる瞬間をもてない人生は淋しくはないだろうか。

『心だより』

「人生の時」に出会ったら

「精魂傾ける」という生きる姿勢がある。軽薄がカッコイイと思っている人たちには、こんな言葉は死語であるかも知れない。しかし、仕事にせよあるいは恋にせよ、人の生きてゆく道には、精魂を傾け、わが肉を削るほど思いつめ、もっている力のすべてをそそぎつくさなければならない出会いがある。火ならば白くなるほど完全燃焼するような仕事ぶり、生き方というものがある。そういう人生の時に出会わないのは「不幸」というべきだとわたしは思う。

『心だより』

ＡＢ型ではあるけれど

ＡＢ型には二つの相反する性格が同居しているという。わたしは細心なところと、まことに大まかでラフなところがある。

決断をするときの思いきりのよさと、小さなことを牛の胃袋のように幾度も反芻《はんすう》して、ウジウジと思い悩むところがある。人の目をいっこうに気にしない一面と、気になって仕方がない小心なところがある。

でも、これは血液型の問題ではあるまい。人間の心情は百千の薄い層からできているようなところがあり、それは一色ではなくて多色多彩、勝手な方向をむき、矛盾しているものなのだと思う。

複雑であり、一元的でないことが人間の特徴なのであり、誰しもおなじような分裂傾向を内包して生きているはずである。あまり血液型にこだわる気はない。

心は弱く脆いから

心の強い人間なんて、もともとは存在するはずがない。しかし、人生のさまざまな局面が、冷静な判断、果敢な決断を要求するとき、その要求に全身で答えようとする姿勢――。その生き方の中から、「強さ」と人がよぶところのものが生れてくるのではないだろうか。

危機に直面しても、眉《まゆ》ひとつ動かさぬ剛毅《ごうき》で冷静な人が、溢れるほどの情感をもち、涙脆い人であることを、わたしはこれまでの人生で幾度もみてきた。

『ひたむきに生きる』

人の心は弱く、そして脆い。だからこそ努力して意志的な人間に自分を鍛え、「わが人生」を生きてゆかざるを得ないことになる。

『手のなかの暦』

悪魔もすんでいるけれど

他人の悩みや不幸を喜ぶのは、人間としてもっとも愧《は》ずべき陋劣《ろうれつ》な心というべきであろう。しかし人間の心には悪魔もいて、このどすぐろい悦楽を愉しみたいという誘惑にしばしばさらされる。しかし、おのれの痛みを知ると同時に他人の痛みに対して優しい心をもつことが、女が解放され、そしていい女たちがふえてゆくための第一条件ではないだろうか。

『手のなかの暦』

それはオパールに似て

プレイング・オブ・カラーを遊色と訳したのは誰なのでしょう。オパールの別名です。その結晶のなかに炎をもち、光の具合でさまざまに色がかわることからつけられた名前です。そして、ときどき水をやらないと割れてしまうのだそうです。

男と女、信頼も愛情も、このオパールに似たところがありますね。

『遊色――過ぎにし愛の終章』

時が過ぎてみれば

男と女のからみは、なにが真実であるのか、時が過ぎれば当事者にさえ定かでなくなる部分がある。

おんなが人生の囚人になるとき

おんなは被害者意識におちいり、陰湿な逃げの姿勢に沈潜しているかぎり、おのれ一人の人生のいわば囚人となる。

『完本　昭和史のおんな』

『密約――外務省機密漏洩事件』

頼りない絆だから

たかが色恋といっては、死んだり殺したりするほど思いつめた当事者たちに申し訳ないけれども、全人生とひきかえにしてもいいような男女関係など、ほんとうは存在しないのではないだろうか。結婚して世間的にも法的にも確固とした夫婦であっても、こわれるものはこわれ、別れるべき状況がやってきたときには避けることはできない。その程度に頼りない絆で結ばれているのが男と女なのだと思っていた方がいい。

『手のなかの暦』

男女のあいだで稀なこと

「とことん惚れこむ」という言い方がある。

女が男に、男が女に惚れこむ情の深さだけではない。人に対し、道具や品物に対し、限度を知らないほど愛情をそそぎ、執着することだと思う。

男と女の関係では、この思いが完結するのは、きわめて稀ではないだろうか。

『きもの簞笥』

結婚にも安泰などない

誤解をおそれずにいえば、強固すぎる妻の座があり、女がそこに安住していることで、女自身が不幸の種を蒔《ま》き、刈入れをしていることがすくなくない。いつ別れるかわからない、不確かな人間関係であるという自覚が結婚生活の底にあれば、多くの夫婦はもっと緊張した新鮮な関係を持続できはしないだろうか。

女が安逸や怠惰をむさぼれなくなるように、男たちの夫の座もまた安泰ではなくなる。

『あなたに似たひと――11人の女の履歴書』

「時間の学校」の卒業証書

どちらか一方だけが絶対的に悪というような別れ話はめったにはない。五分五分なのか、八・二か、七・三か。

十対ゼロということなどはない。どんなに被害甚大の男であれ女であれ、十分の一くらいはわが責任の分担と思うものがあっての生き別れのはずである。「違う」と言っている間は傷はまだ高校生か短大生クラスにとどまっている。「時間の学校」で生きていると、事柄の相対化がすすむ。体験記憶が変化する。「時間の学校」の卒業証書では、憎しみと思いやりはひとつの単位になる。

『ひたむきに生きる』

「幸福」という名の虚像と罠

「小さい秋みつけた」という童謡がある。

人生で手にできる倖せとは、掌《てのひら》いっぱいほどもない、ちいさくてささやかなものではないだろうか。

その倖せを見落し、あるいはあきたりなくてあがき、無理にも「幸福」や「よりよい答」を得ようとして、人は不幸という代償を受けとるような気がしてならない。

輝くほどみごとな「幸福」など、考えただけで空恐しい。それは「幸福という名の虚像」であり、罠《わな》であるのかも知れないと心配性のわたしは思う。

『心だより』

手紙はいのちをもっている

手紙って、ほんとになまなましいいのち、をもつものなのです。走り書きでいいから、二行でも三行でも、悪筆などとこだわらずに書くことだと思います。自分ができずにいるのに、こんな偉そうなことを書くのは恥しいことですが、手紙をもらう喜びを人一倍知っている人間として、やはりこう書かずにはいられません。

『忘れられたものの暦』

わたしのリクツ

「人は喜びに出会うために生き、喜びと出会うことで生きる力をやしなう」と言ったのは誰か。

答。わたし……。わたしのリクツ。ほしいきものや帯と出会うとき、わたしは大きく息を吸う。決断は早い。身分不相応なことは決してしないし、分は心得ているつもり。好きなものを着るためにこそ生きていると感じる倖せをいいと思う。

『心の海へ』

きものを着る効用

わたしはいただきもののきものを喜んで着るし、親しい人がわたしのつぎの着手になってくれることを嬉しいと思っている。なぜなら、きものにはある種の浄化作用もしくは癒しの効用があって、苦しみも悲しみも、すべてを吸いとって晴れやかなものへと変化させると知っているから。前の着手の人生が出会った恩沢《おんたく》を、つぎの着手は受けつぐことになる。

『わが人生の案内人』

きものの手入れをしていると

母は若かった日、日本髪がよく似合い、きもの姿のいい人だった。母が喜ぶようなきものも帯も買ういとまのないまま、わたしのはじめての本の出版といれかわりに母は死んだ。父は戦後、きものにまったく縁をもてない十年を生きた。そういう両親の娘として、両親よりも長く生きのびている人間として、できる範囲でのきもの三昧を自分に許したい。悲しい日、きものの手入れをしていると、もう一人のわたしがそばへ来て座る。「人生、そんなに悪くはないでしょ」とそのわたしは言う。「うん」とわたしは行儀の悪い返事を呟く。悲しい時間は、そう長くはとどまっていない。

『心の海へ』

生きていることが重く感じられるとき

治療法はいくつかあるけれど、その一つは、すべてに無責任となって一日眠ること。だらしなくして、食べることもいいかげんにする。居留守も使う。こんなにわたしは怠けることが好きだったのかと思うほど、奇妙な時間が過ぎてゆく。

音楽をきき、理由もなく涙が流れつづけるままにするのも一つの方法。好きであつめた古い銀食器や銀のアクセサリーをみがくのもいい。日ごろはできない、手のこんで時間のかかる料理を作るのも一法。

鬱を救ってくれた言葉

元気ぶって暮していても、わたしがいつもいつも確信にみちて生きているわけではない。周期的に躁《そう》と鬱《うつ》がやってくるようなことはないが、ときどきどかんと落ちこむ。その日の出来事の断片がかたく心にしこって、いくら振り払おうと努力しても離れてくれない日がある。くどくどとしつこく、わたしらしくなく思い悩む。自分に釈明をする。悩んだところでどうにもならないとわかっていても、わかっているのは理性だけであり、心は晴れない。

とりわけ悩みの多かったあるとき、正宗白鳥《まさむねはくちょう》氏が色紙に書かれた文章に救われる思いがした。

この故に明日のことを思ひ煩ふな　明日はみずから思ひ煩はん
一日の苦労は一日にて足れり

『ひたむきに生きる』

『六十六の暦』

悲しいことがあったときほど

ひとりで食卓に向かうときは、〝いただきます〟と声に出して言って、姿勢を正しくします。背中を真《ま》っ直《す》ぐにすることを心がけないと、いやでもだんだん姿勢が丸くなる。だから外出先でも下腹に力を入れてあごを引き、胸を張って堂々と（笑）、歩きます。悲しいことがあったときほど、きちんと身仕舞いをして。うつむいて歩いていたら、悲しいことが自分の中から出ていきませんものね。

『上手な老い方――サライ・インタビュー集』

リンドバーグ夫人の知恵

リンドバーグ夫人の『海からの贈物』には、おんなに課せられている役割や家事の、息苦しいような煩雑さの描写のあとに、おのれを見失わないためには、「生活を簡易にして、気を散らすことの幾つかを切り捨てること」と書かれている。また、「女の飢えが満たされるにはどうすればよいか」という問いに、「一人になること」と浜辺の貝に答えさせている。

『手のなかの暦』

＊リンドバーグ夫人……アン・モロー・リンドバーグ（一九〇六～二〇〇一）。大西洋無着陸横断飛行に成功したチャールズ・リンドバーグの妻。『海からの贈物』など、文筆家としてベストセラーを生み出した。

「ひとりの繭」に暮らす

深夜電力利用の給湯の配管をし、床暖房を入れてあります。
窓は全部くもりガラスで二重窓。くもりガラスだと、ガラス拭きから解放されるでしょ。窓を二重にしたのは防音、防寒対策。仕事を終えた夜中、音楽を聴くのが楽しみなんですが、この窓は音を遮断してくれるので、ご近所に遠慮なくボリュームがあげられます。とにかく、二重窓だと外も見えないし音も聞こえないから、嵐の日に外出しようとドアを開けてみて、嵐に初めて気付くなんてこともあったんですよ。外から完全に守られているので、わたしはひそかにこの家のことを「ひとりの繭《まゆ》」と呼んでいるんです。

『上手な老い方――サライ・インタビュー集』

ときに「他人の眼」を入れて

長い独身生活を送る先輩女性と会食したとき、卓上の小鉢へ箸をのばし、箸でついと手前にひくのを見た。無意識の仕種だった。それだけに余計こわかった。わたしは試される生活がすでにはじまっていることを、つよく自覚した。

自分ひとりで食べるだけでなく、気心のあった友人を食事に招くことを気軽にやるように心がけたのは、「他人の眼」がほしかったのかも知れない。

これは週に一回とか十日に二日の間隔で、家の中をすっかり掃除することとくっついている。しかしこういうふうに書くと、いかにも計画的な暮し方をしているようになって、いささかうしろめたい。

理にかなった計算などなくて、自然にやっているうちに掃除の仕方にもおのずときまりが出来、来客を迎えることとうまく結びつくことになっていたにすぎない。

『手のなかの暦』

一人暮しの赤信号

好奇心が薄れ、外出したり人に会うことがいやになってきたら、一人暮しに赤信号がともったと警戒しようと思っている。友人たちとのにぎやかで刺戟的な交歓のあと、一人きりになっての深夜の静寂に、わたしの心も脳もリフレッシュされ再生してゆくのを感じる。寂しさには縁はない（あれ、ちょっとヤセガマン！　と思いますか?）。生きている実感を溢れさせて一人で暮す。これがわたしの人生。

『心の海へ』

象眼の鶴と会話する

骨董《こっとう》とのつきあいは、どこか男と女のそれに似たところがある。……骨董とのつきあいは、やがて十年になろうとしている。

あれこれ目うつりし、浮気をしたあとで、わたしがいつも帰りついてゆくのは、李朝《りちょう》の壺の小さな陶片である。象眼《ぞうがん》による一羽の鶴の姿をかろうじてのこしているその陶片は、海をわたってきた李朝の男たちの胸にかかえられてきた壺の一片。いまは額装して、仕事机の前に飾ってある。心寂しいような夜、わたしは故国を遠く離れて長い時間を過したこの鶴と言葉のない会話をかわす。なんともいえない心の安らぎがみちてくる。

『忘れられたものの暦』

芸術のもつ力とは

音楽を愛し、絵を愛することに資格などいらない。本格的な（むずかしい）解説をする能力もいらない。どんなふうに好きなのか、他人に伝える言葉はもたなくても支障はない。芸術のすばらしさは、受け手の魂に再生のみずみずしい力をよびおこすところにある。救いをもたらし、楽しみ、喜びをもたらしてくれるところにある。

『画家の妻たち』

心ときめく器

一人分の正月のおせちを用意したり、仕事がたてこんでくるときあらかじめ弁当を作るのにぴったりの小さなお重をみつけたとき、ひどく嬉しかった。

大きさがまさに「一人」用であったし、鮮やかで深い紅色のはなやぎもまたいい。紅春《べに》慶と店の人は説明したけれど、その後この手のものを見ていない。これは骨董ではなく新しく作られたばかりの重箱で、くりかえし使ってきたが、まだどこも傷んでいない。こういう器を使うと、一人の食卓もいつもとは様がわりし、心ときめく感じがある。

『愛しい旅がたみ』

旅先で逸品にめぐりあう愉しさ

友人の一人から教えられたことの一つに、古美術、なかでも古いやきものに目を開かされたということがある。徐々に徐々にではあったが、食器のほとんどを古伊万里《こいまり》を中心に買いかえた。高価なものを買えば経済的に無理を生じるし、こわれたときの失望も大きい。それで分相応、ほどほどの買物しかしないことにきめている。地方へ旅したときなど、立寄った骨董商の店先で、値段も手頃、なかなかの逸品にめぐりあう愉しさを生れてはじめて知った。

『手のなかの暦』

わたしがサンタクロース

もう、わたしの枕もとにプレゼントをおいてゆくサンタクロースはいない。来る年も来る年も、わたしは一人暮しの、誰も入ってはこられない住いでクリスマスを過す。でも、サンタクロースはいるのです。

わたしのサンタクロース。それは、わたし自身。

なにを欲しがっているのか、いちばんよく知っている。サンタクロースは寒がりで、カゼをひくのをとてもおそれていて、床暖房の寝室で眠っている。クリスマスが近づいた夜、わたしのサンタさんはわたしに、プレゼントを手渡す。

そう。寒がりなのはわたし自身で、わたしはいつも寒さがきびしくなる前に、その年のクリスマス・プレゼントを買ってしまう。


『一人になった繭』

標識のない道

人生が編み物のようなものであったら――。

そう想像する。あと何段編んだら袖付、あと何センチ袖を編んだら編みあがる、そういう時間の計算のできる世界。

編み物には「もう半分」があり、吐息などついて一息いれる「まだ半分」もあるけれど、しかしそんな人生の節目があるだろうか。

とらえにくい時の流れ。
標識もなにも立っていない道、どこかにある峠。
そこを辿ってゆくのが人生であるらしい。

『道づれは好奇心』

結願のとき

四月の下旬に四国霊場八十八ヵ所めぐりが結願《けちがん》となった。一昨年の四月から、春秋ごとに旅をつづけてきた。東大寺の清水公照長老について歩く遍路である。

四国のすみずみへ、じつにうまく霊場はつくられていて、大きな移動はバスを使い、あとはタクシーあり、ケーブルカーあり、そして最終的には一人ひとりが歩いた。

菅笠《すげがさ》をかぶり、振鈴をさげ、雑念を払わなければとうてい歩きおおせない「難路」があちこちにある。高い山頂につくられた札所も多く、さきについた仲間が打ちならす鐘に、ああ、あんなに遠くまでのぼるのかと落伍しそうにもなりながら、同行の人々につられて、八十八ヵ所全部をどうにかきわめた。……縁あった死者たちへのたちきれない思いが、私を無心にして四国路を歩かせたような気もする。

「結願」とはいい言葉だ。人生ではきちんと終着点まで辿《たど》りつき、出発点へもどって足跡がつながるということなどは考えられない。過ぎた地点への回帰などかなわない。遍路行では、八十八番まで歩いたあと一番を再訪する。それで結願となる。爽やかな解放の方法を考えた先人の知恵を思う。

『「わたし」としての私』

言えばよかった

手内職をつづけながら働く娘の裏方をつとめてきた母親に、「あなたがいたから生きてくることができた」と言うことは、ひととしての礼儀でもあった。改まった言葉でなくとも、ひとことねぎらいと感謝の言葉をかけたなら、どんなに喜んだことだろうか。照れて、「なに言ってるの」と言ったかも知れない。しかし心にあったことなのだ。言えばよかった。

桜だけでなく、野も山も花の季節であった春の四国路。振鈴の音とともに日頃は歩けない距離を歩いて、言えなかった言葉を札所へおさめた。……人の一生はお遍路さんのようなものかも知れない。そして歩いている道筋には四季を問わず花が咲いていると思いたい。

心の底の悲しみは

鰯雲　人に告ぐべきことならず　『遊色——過ぎにし愛の終章』

の一句は、ふとした折に哀切な余韻をもって思い起される。……果てしなく高い秋空に、鰯雲が夕焼けの茜色に染っているのを見たのは、カザフ共和国カラガンダの枯れた大草原でのこと。

人は誰でも、心の底に悲しみをたたえた泉をもっている。ときにその泉は溢《あふ》れそうになるけれど、人に告ぐべきことではない。

女たちの心にあるもの、男たちの心にあるもの。

言葉にはならなくても、告げたい思いは誰にもある。それを察して、やさしい気持で相手に対するとき、異性間の愛情の次元とは別の愛、いとおしみが生れそうに思える。鰯雲に、乾いた心は似合わない。　『一人になった繭』

涙の捨て場所

誰にも見せられない涙をもたない人生など、この世にはないとわたしは思う。一人で思いきり泣くのにいちばんいい場所は浴室である。泣いても湯上りならば誰にも気づかれはしない。

悲しみで胸がはりさけそうになっている人に、わたしはお風呂で泣くことをいい、そして愛蔵の石鹸を一つ贈る。匂いのなかで泣いていると、悲しみが誰かに抱きとられるような気がすることを体験的に知っているから。

『ぬくもりのある旅』

病むことと老いること

もどることはできない。

とどめることもできない。

さまざまな病いがあるが、もとの状態をとりもどすこと、病気の進行をとめること、そのどちらの道も封じられた難病。病む本人にも、看《み》とる者にも、出口なしの苦しい試練を課さずにはいない病気がある。

それは、人が老いることとよく似てはいる。だが、生あるものすべては、若い肉体にもどることなく、老いへ向って歩きはしても、苦しみも喜びもあって、苦痛だけが道づれなどということはない。

『男ありて　志村喬の世界』

死は怖くないですか、という問いに

あまり怖くないですね。人間っていうのは本当にいよいよどうにもならなくなったら、自殺する権利を与えられていると私は考えているからかしら。でも、その権利はやたらに使うことはできないと知っています。死は、誰にも避けられないこと。でも、死ねば永遠の休息、解放があるでしょう。だから、いまは辛抱して生きていられる。二〇〇年生きなさいと言われたら、私はとても生きていられない。私にとって死とは、そこで解放されるってことなんです。

『上手な老い方――サライ・インタビュー集』

死によって

病気について、解決されるべきことがたくさんあることを承知の上で、わたしは「苦しみに終りがある喜び」を書いておきたいのです。耐えられないほどの苦痛は、死によって吸収され、終る。死は「解放」でもあるから。

『ひたむきに生きる』

二月の宵の独り問答

二月という月は、新聞の訃報欄に思わぬ人の名前を見る月。

新聞にはのらなくても、長くわずらっていた人、高齢者、そして、若いが働きすぎと思われる人の死のあいつぐ月である。

冬の寒さをようやくのりこえようかという時期、生きる体力を使いはたす日が不意にくる。毎年二月、わたしはこの月に去ったなつかしい人びとを思い出し、独り居の夜ふけに問答をくりかえしている。

『六十六の暦』

祈りの八月

八月には、多くの死者の命日があった。十九日に朝鮮半島で自決した若い叔父一家、また、わたしのすぐ下の弟と、家族の命日があるだけではない。忘れられない友人向田邦子さんの十七回忌は、二十二日のこと。戦死、戦病死のほか、空襲、原爆被爆、避難行中の死や自死など、なんと多くの死者たちの暦が刻まれている月か。

花をかざり、おそなえものを手作りして、わたし流の祈りをささげる。その沈黙のなかにいると、親しい死者、未知の死者、国境をこえる多くの死者たちとの間に、目には見えず通いあうなにかがある。そう思うのは、わたしの年齢のせいだろうか。

『六十六の暦』

生きのこるひとはいつも

死んでゆくものに対し、生きのこる人間はいつも加害者めいた役割を果さずにはいないらしい。

『遊色――過ぎにし愛の終章』

静かに肯定する

「だれも認めてくれなくてもいい。わたしはいつも、精いっぱい生きてきた。これがわたしの人生といえるほどの成果などなくても、一所懸命に生きた自分を認めてやろう。後悔はない」

第一回手術から四十年近い年月を挟んでの三回目、もはや若くはないわたしは、最初の手術のときと同じ気持の自分に出会っていた。

一九九四年秋、人工弁への置換手術が行われ、わたしはまた生きて帰った。日ごろは考えもしないのに、いやでもおのれ自身と向き合わなければならない状況に身を置いて、同じ感慨をもつわたし自身に出会う。そして、年齢を重ねるにつれて、やはり変わってきたものがある。

人が生きるとはまことにささやかなことなのだという思い。長くとも短かくとも、一生をかけて人が成し遂げ得るのはごくごく小さなこと、という達観に似た気持が生まれてきた。

途中で死んでいたら、こういう心境は知らずに終わったと思う。人生とはもっと重い役割をもち、わたしは何事かを成し遂げ得る未知の可能性をもっているという潜在意識から抜け出せなかったはずだ。
　しかし、ここまで生き、仕事もつづけてきて、なし得ることのささやかさを思い知り、それがふつうの人生なのだとわたしは静かに肯定する。大きなことなどできなくていい、できない方が人間的だと思う。他人に強いる気はないけれど、わたしは自足できる答えに達した。

『道づれは好奇心』

わたしの遺言

　本当の遺言書は、16年前、向田邦子さんが亡くなったことがきっかけで、公証人役場で正式なものを作ってもらいました。私の遺言で一番大事なことは、通夜、告別式、その他一切死に関する行事はしないということ。戒名もなし。つまり黙って消えるということ。

『上手な老い方――サライ・インタビュー集』

Ⅵ

向田邦子さん

生き続ける思い出

同じ昭和ヒトケタの女で一家の総領娘。二十代からのつきあいだった。もの書きとしての先輩で骨董の師匠。いっしょに絵を観、旅もした。父の没年が五十一と知ったとき「人間、五十一なんていう若さで死んじゃいけないわよ」と言ったひと。その年齢で突然逝ってしまったけれど、「さよならは言いません。すぐにまた逢えるのだと思っています」（昭和五十六年九月二十一日青山斎場の葬儀での弔辞草稿より）。

彼女の特技

妙な特技のある人で、肩からはじまって、肘《ひじ》、手首、指先まで、まるで骨がはずれたように関節の力を完全にぬき、躰中が雨に打たれた柳みたいになると、蟹《かに》のように白眼を出して揺れてみせた。見ている側が興がると、さらに指の関節全部をポキポキ鳴らしてみせ、おまけに、マニキュアをなぜ塗っているのか、その「秘密」まで喋《しゃべ》った。痞がつよくて、爪切《つめき》りがいらないのだという。つまり、無類に丈夫な歯で、のびかけた爪は全部嚙《か》みとってしまう。

「マニキュアを塗っておけば、いくらなんでも嚙めないから」と言うので、

「じゃあ、足の爪は？」

と乗せられた客は聞く。

「足の爪だって嚙んじゃうのよ。ほら、私の躰、こんなに柔いのよ。ぐにゃぐにゃでしょ」

しかし、両手の指の爪を嚙む癖はあったかも知れないが、足の十本の指さきへ歯をとどかせて爪を嚙むというのは、彼女一流の「創作」だったと思う。

『あのひと』

電子レンジをもってきて

電子ジャーで感動していたわたしの台所に電子レンジが入ったのは、亡くなった向田邦子さんのプレゼントである。ある日、

「お宅の冷蔵庫の上どうなっていたかしら？」

と電話がかかった。わたしは母の時代の冷蔵庫をうどんなど麵類の収納庫に使い、本来の目的をもつ電気冷蔵庫は横にならんでいる。説明の途中で、

「わかったわ。×時にちょっと行くからいてくれる？」

「なんなの？」

「いいから待ってて」

そして電子レンジが運びこまれ、収納庫の上に鎮座した。アースをつけるというが、そんな用意はなく、柱から天井を這《は》わせ、窓の外へ出した。

「あなたのところみたいなマンションだと、外へ出せないわね」

「はじめにちゃんと設計してあったのよ」

「ずいぶん用意がいいのね」

などとやりとりをし、彼女はレンジの使い方を伝授すると風のように帰っていった。

『手のなかの暦』

骨董のわが師匠

さいしょにこの世界へ目を開かせてくれたのは、向田邦子さんである。彼女は御両親の骨董好きの血をひき、二十代から蒐集をはじめていたのだと思う。惜しげもなくその愛蔵品を使った食卓に招いてもらい、いい展覧会があれば誘われて見に行った。

彼女の愛蔵品のなかでも、李朝白磁の壺がとくによかった。大きい壺には正月なら松。つつじのときも紅葉のときもあり、草花ではなく花ある木をいけてあった。

『心の海へ』

いっしょに見たルドン

生れてはじめて、それも画集などではなく百四十点近いルドンの作品を見たのは一九七三年の九月。

鎌倉まで出かけてゆき、秋の澄んだ光線にみたされた室内でルドンの世界を見た。

亡くなった向田邦子さんがいっしょで、ルーブル美術館、プラド美術館をはじめ、国内でのいくつかの絵画展を歩いたときとおなじように、めいめい好きなように会場を歩いた。最後におちあって、

「花がいちばんいい」

とどちらからともなく言った。まったくルドンの花はすばらしかった。そして、

「そのつぎには、夫人像ね。……あとはちょっと不気味」

と感想を言いあった。わたしはルドン以上に美しいパステル画を見たことはなかった。

『画家の妻たち』

先輩もの書きとしての助言

はじめての本を四十代に入って出したとき、彼女は先輩としてさまざまな心くばりをしてくれ、注意するべき具体例をも教えてくれた。そのなかで、忘れられないことがいくつかある。その一つ。

「世の中に多少なりと名前が知られるというのは、こわいことよ。郵便物がふえると思うけど、開封するとき、気をつけてね。

わたしは、カミソリの刃が入った封書を手で開いて、ひどく指さきを切ったことがあるのよ」

向田さんが生きてきた時間は、本人は「極楽とんぼ」であるように振舞っていたとしても、かなりきびしい内容をもっていたのだと思う。

直木賞受賞のあと、苦節何十年という夫をもつ妻から、受賞を辞退せよというしつこい電話がかかってくると話した。いつもは、深刻な事柄でも軽く話すのに、この件に関しては低く沈んだ声になり、「こちらは骨身を削って書いているのに、鼻歌まじりで書いていると思われているとは……」と言った言葉も忘れられない。

『時のほとりで』

真夜中の長電話

竹橋事件を書いていた一夜、亡くなった向田邦子さんと長電話した。

男たちの「記録」に、なぜかまったく空白の三日間があると発見したこと。山砲を発射したとあるが、砲弾を入手していないこと。少量の火薬によって合図の号砲を打ったにとどまったことを確認でき、事前に火門を釘止めされていた意味の深さに気づいたこと……。

わたしはわが発見に熱中していたから、興奮ぎみな話し方になったと思う。彼女が、「あなた、歴史のベッド・ディテクティブを書けるわよ。動けなくなっても大丈夫だわ」と言ったのは、病気もちを気づかう友情から生まれた示唆《しさ》であった。安楽椅子探偵また は寝台探偵。どちらも動かぬままに推理し、謎をとく。事故で入院中のロンドン警視庁警部が、寝たままで「リチャード三世の謎」を明かしてゆく『時の娘』（ジョセフィン・テイ）をすすめられたのもこの夜の電話である。

『ひたむきに生きる』

「ウルサイッ」と即答し

小泉信三夫人がまだ健在で、向田さんは次女のタエさんとも親しく、よく訪問していた。ある日、突然の電話で、いま小泉家へ来ていること、「いい古更紗があるのでバッグを作ってあげたい。でも、布があまるから、なにかほしいものを言ってよ」という。

小物用バッグ、メガネケースと思いつくままあげて、「どうしてあなたにそんなプレゼントをもらうのよ」と言うと「ウルサイッ（笑）」と即答が返ってきた。

うしろの笑い声が聞こえ、小泉家の親しい雰囲気のなかではしゃいでいる様子が伝わり、自在なひとときの向田さんの元気な声だった。

『きもの箪笥』

美味求真のひと

向田さんがいれば、おなじ食生活の変化に出会っていると思う。わたしは肉よりも魚、そして野菜を第一に考える人間に変った。それも、かつてのようにドレッシングに工夫したサラダのたぐいではなく、いいだしを使い、薄味でたきあげた野菜をおいしいと思う。

パリのオペラ座近くで食べたペッパーステーキに惚れこんで、大鍋いっぱいの材料から数人前のソースを作った向田さんの、いささか誇らしく、いささかむなしげだった表情が目に浮ぶ。あのころは、コレステロールも中性脂肪も考えず、文字通りの美味求真だったし、外で味わった美味をわが手でなんとか再現させることに、ひそかな生き甲斐もあった。

『時のほとりで』

彼女に告げたある後悔

本が出たとき、いちばん最初に署名して渡したのは母だけれど、お母さんありがとうって、なぜ言ってやらなかったのか今も後悔しているわけです。

向田さんに言っておきたいんだけれど、親子って、子どもが小さいうちは、親が十で子どもがゼロの存在でしょう。そのうち五分五分になり、娘が世帯を背負うようになると、親子の力関係は逆転するわね。私は思い返してみると、私が何か言っても親子げんかにならず、母が、そうだね、ってすっと身を引いたことがあるの。それが亡くなる二、三カ月前のことのような気がする。それが見えなかったことへの後悔がある。

『向田邦子全集〈新版〉別巻一』（向田邦子との対談で）

一度きりの対談で

対談は夜おこなわれ、冬の雨が降っていた。わたしは道を間違えて、すこし遅刻した。

向田さんはキラキラした瞳《ひとみ》をして座っていた。

ごらんの通り、向田さんが一人で獅子《しし》奮迅《ふんじん》という対談になった。いや、そんな気配は誰にもわからないのかも知れない。向田さんとはそういうひとである。わたしには痛いほど伝わってくる。

遊んでいるときにはよく、「ボケとつっこみ」などと、漫才そこのけの役まわりになったこともあったのに――。

ただ一度きりの対談になるのなら、もっと親身な話をしたかった。電話の会話では、たがいの心の底深くにある過去の出来事を話しあったこともある。人物月旦《げったん》も存分にやった。正直なところ、こういうくつろいだようでいていささかよそゆきの会話ではなく、いつもの通りの話がのこるとよかったと思っている。

あのひとの最後の正月だったと思うと、もはやかえらぬことながら、後悔がある。

対談を終えて、車までゆくときの、料亭の女性たちがさしかけてくれた蛇の目傘の桐油《とうゆ》のにおい。

和服を着ているわたしが裾にはねをあげないように、こまやかに気づかってくれて、この夜の向田さんはかぎりなくやさしかった。……やがて一周忌が来ようというこの頃、わたしはよく向田さんと話をしている。返事はないけれど、無言の話しかけだけで心安らぐものがある。返事が聞える日もある。

『向田邦子全集〈新版〉別巻一』

最後の電話

直木賞受賞で疾走しているような仕事ぶりと新しい人間関係をもった彼女に、わたしは電話をかけることも遠慮していた。やがて落着く日が来ると思い、邪魔はするまいと考えていた。

明日台湾へたつという日の夕方、そうとは知らず、一ヵ月の中国旅行から帰ったあと連絡もしなかったと気になってかけた電話が最後の会話になった。

ちょうど向田さんは外出する直前らしく、あわただしい会話になったが、おたがいにその種の電話にはなれている。

台湾から帰国する日を言い、帰ってきたら、きっと会おうね、どんなに忙しくってももっ……と言う向田さんのやわらかくてなつかしさをかくさない声は、彼女の最後の贈りものだったように思える。

『時のほとりで』

墜落事故の報せを受けた夜

あの嵐の日、私はホテルへ自分をカンヅメにするため、資料をカバンにつめていた。手を貸してくれる編集者が二人、雨のなかを足もとを濡らして来てくれてから間もなく、A紙のS記者から電話があった。

台湾で航空機の墜落事故があり、旅客名簿に「ムコウバ」という男性の名前があるという。

たしかに向田邦子さんは台湾へ旅行中であったが、私は頭から「誤報にちがいない」と思った。ホテルへゆくべく車に乗ってからもカー・ラジオを聞いていると、刻々と事故のニュースは入ってくるが、なに一つ決定的なことはない。

「絶対にそんなことないわ。だってなにも予感がしないもの」

と繰返して言った自分を私はいまもよく覚えている。まったく、不吉な胸さわぎというようなものはきざしさえもなかった。

ホテルで一人きりになった夜、テレビが放映するアメリカのドキュメンタリー「友軍の砲撃」をつけっ放しにしておいた。画面など見てはいないのだが、なぜかそうした。かくれ場所を知っているごく少数の友人の一人から電話がかかったときも、私は「事故」を頭から否定して、「『友軍の砲撃』をやっているわよ」と言った記憶がある。

『別れの余韻』

向田せいさんは言った

お母さん、明治四十年十二月三十一日生れの向田せいさんは、遭難の翌日もサロンエプロンをかけ、いつものようにおいしいお煎茶《せんちゃ》を淹《い》れ、

「澤地さんが泣いちゃだめでしょ」

と涙がいっぱいの目で笑った。


『あのひと』

弔辞の草稿から

向田さん
こういう形であなたに話しかける日のことなど、考えたこともなかった。もし選べるものなら、誰もいないところで、あなたのことをひっそり偲《しの》んでいたい。でも、あなたの方こそ、こんな形で別れを告げる人生など絶対に選びたくはなかったことを思って、私は生れてはじめての弔辞を読むのです。
それに、私はあなたから「私の葬式のときには会計係をしてよ」と一度ならずいわれ、

まさかあなたが先に逝くなどとは夢にも思わずに笑っていた、その約束ともいえない、暗示めいた言葉に縛られてもいるのです。

あなたの手術に立ち合った人間としての因縁も感じています。

この一年ほどのあなたを、私はハラハラして見ていました。女の子のケンケン遊びのような足つきで、あなたは文壇、ジャーナリズムというおそろしい世界を縦横に生きようとしていた。

「ちょっと休んだら」

という言葉は、直木賞作家になってしまったあなたには、同じものかきとして言うのがはばかられた。

そして、六年前の十月の乳ガン発見と手術の経緯をつぶさに知っている人間として、「もし再発したら三カ月」という口癖になったあなたの言葉が、だんだん不気味に押しかかってくるのを感じていました。私はただ、見守っているしかなかった。

いま、あなたを思い返していちばんぴったりする表現は「フンレイ努力」、あの日本海海戦のZ旗にちなむ言葉です。

同じ昭和ヒトケタの女、一家の総領娘として、私たちは生き残ることが卑怯《ひきょう》であり恥とされた時代の教育のもとで育って、「フンレイ努力」が身についた動員世代であったことを思います。

向田さん
あなたはもう批評や本の売れゆきを気にすることもなく、人とのつきあいに心を砕くことも締切りに追われることもないのね。

そしてなによりも、ガンの再発、とくに頭への転移という恐怖にチリチリと心を焼かれずにすむ世界にあなたはいるのね。

その死はあまりにも早すぎ、無惨この上もないけれど、あなたが心からくつろいで、安らかに憩っている姿も私には見えるように思えます。

あなたがいなくなった寂しさは、じわじわと心を浸して、道を歩いていたり、ものを食べたりしているときにふっと涙がこぼれます。でも、さよならは言いません。すぐにまた逢えるのだと思っています。


これは青山斎場でおこなわれた向田邦子さんの告別式の弔辞の草稿である。その前夜、墨をすり、奉書をひろげてこの文章を書きうつしはじめたとき、私のなかにまた迷いが生れた。
弔辞はこの文章のままには書かれず、そして書かれた通りには読まれなかったように思う。「向田さん」とさいしょの声を出したとき、それがまるで悲鳴のように高く震え、予期せぬことに私はひるんだ。弔辞とはあの一瞬の思いに尽きるものであろう。それでも、せめてこの草稿を、自分の本のなかにのこしておきたいのである。

『忘れられたものの暦』

あの夜も素足だった

猫好きの人のしなやかな足つき。真冬もよく素足でいた。愛猫の産んだ子猫の一匹が未熟児で、親も乳をあたえず、彼女は眠らずに注射器で授乳し、湯たんぽを工夫したベッドに寝かせて見守っていた。やつれて美しかった向田さんの表情を思い出す。あの日も素足のままであったことも――。

『六十六の暦』

春を知らせてくれる靴

ひどく寒い日、外出にわたしがはくのは向田邦子さんからのいただきもの。スコットランド製のバックスキンの靴は、内側に白の毛皮がしきつめてある。

「いいものみつけたと思って買ったの。でもこれはくと、のぼせるのよ。はいてくださる?」

そう言って、カゼをおそれるわたしへプレゼントしてくれたのは二十数年前のこと。この靴で出かけて、帰るころには顔がほてってくる日、それは三月、春の知らせとなる。

『六十六の暦』

思い出す言葉

死んだ向田邦子さんの言葉を思い出す。

「あなたは裸になったつもりでいても、ちゃんとコルセットをつけているひとだから……」

二人が話しあったとき、わたしたちは四十代を生きていた。わたしがすべてを書ききれず語り得ないように、向田さんもまた素肌は誰にも見せずに退場してしまった。なにもかくすことのない人生などあるのだろうか。

『心の海へ』

銀がしっとり輝く夜に

アメリカ各地やヨーロッパなど、西洋骨董に出会う機会の多い旅がふえ、気がつくと、行くさきざきでわたしが銀の匙をさがすようになったのは、向田さんの急死のあとになる。
銀製品は使わずにいると自然にくろずむ。とても正直ものだ。夜ふけにゆかりの町や人を思い出しながら磨いていると、内側から光が生まれるように輝きはじめる。しっとり輝くところが銀のよさだ。磨きこみながら気がつくと、わたしは亡くなった人と無言の会話をかわしている。心が安らぐひとときだからかも知れない。

『愛しい旅がたみ』

生きていることがむなしい日には

あれからもう二年になろうとしている。長い時間が過ぎたようでもあり、ひどく短かったようでもあり、時間の観念がここでは通用しない。

そしてまだ、現実に起ってしまったこととは思えない部分が私の心のどこかにある。その一方で、生きていることがむなしいと思う日、「向田さん、あなたが羨ましいよ」などと見えない相手と話したりしている。

『向田邦子ふたたび』

彼女は時をさかのぼる

生き急ぐような最後の一年から二年。向田さんは心に残る花を一輪ずつ配るように、多くのひとに多くの忘れがたい思い出を残していった。ハンディキャップをもつひとたちへ心を寄せ、「なにかできること」を探り、あるときには、香水を贈った。沈黙を守っている人々の心に向田さんは生きていることを思う。わたしには彼女が次第に時間をさかのぼり、少女になってゆくような感覚がある。

『時のほとりで』

よみがえる表情、言葉、その声

好きなもの、必要なものにかこまれて暮しているが、見まわすと、向田さんの表情や、語った言葉、声がよみがえってくる多くのものがある。
借りたまま返さなかった本があり、貸したままになった本もある。二十代からの長いつきあい、浅からぬ縁を思う。そして、そのこまごまを取り出して公けにすることを拒みたい気持は日ごとにつよくなってきた。語る気になれないわたし自身の人生の襞の部分に向田さんの思い出はひっそり生きている。

『時のほとりで』

届かない土産

玄奘三蔵ゆかりの地をずいぶん歩いてきて大雁塔《だいがんとう》の三階まで登る。四方に展望がひらけ、西安の現在を見、遠く青い山脈も見える。ここで小さい仏像をふたつ買った。ひとつはシルクロードへの旅が治安上の理由で中止になったあと、台湾へ出かけて事故死した友人のため、ひとつは亡母のため。三センチにみたない鋳物の仏像の小ささと表情のやわらかさをいいとは思ったが、これで信仰心をそそられたわけではない。なにかにつけて話しかけたい相手への媒介になってくれそうな気がした。

『絲綢《シルクロード》の道はるか』

ニューヨーク五番街の向田さん

十月、ニューヨークへ行った日、インディアン・サマーといわれる晴れた五番街を通り過ぎたとき、私は向田邦子さんとそっくりの後姿を見た。ドラマか小説を書きあげたあと、すこし髪の毛も汚れ、疲労と安堵《あんど》とをいっぱいに漂わせた背中を丸くして、向田さんは青山通りを歩いていた。髪型も丸い背も背恰好も、彼女のその後姿にそっくりだった。

青山通りをタクシーで走っていて、私は何度かそういう向田さんを見ている。後姿だけではなく、日頃は絶対に見せることのない暗い顔を見た日もある。声などかけられなかった。

五番街の雑踏のなかを行く女性は、まったく向田さんその人だった。

「あなたも一度はニューヨークへ行くべきよ。マンハッタンのあたりを車を走らせるだけでいいから行きなさいよ。ニューヨークへ行くと、人生観が変るわ」

と向田さんは言い、それから半年後に急死した。彼女の人生観はどう変ったのだったろうか。

五番街を行く女性の顔をたしかめることはしたくなかった。

『忘れられたものの暦』

いまでは妹のように

人生という旅で会ったもっとも愛しいもの。それはどれほどに愛着深く、思い出のからみつく品物であっても、人には及びようもない。何人か何十人か何百人かの人。

向田さんは、かけがえのないその一人であった。

ものを見るいい眼をもち、冷静である一方、衝動買いの癖もあった向田さん。一つ買うだけでなく、シャムの木彫の猫などは大小で何十個も買った。「一つあげる」と言われて、じっと眺めてきめかねているわたしを面白がったあの人の笑い声を思い出す。

五十一歳はあまりにも若い。その短い人生を燃焼しつくすように書きつづけ、合間をぬって歯をくいしばるように遊び、うまいものを追い求めた果てに、台湾の空で消えてしまった。

「こんな人生があっていいの？」と彼女自身が抗議しそうないのちのおわり方だった。生きていれば七十二歳。若い日のままの向田さんは、いまでは妹のようにかぎりなく愛しい人になった。

『愛しい旅がたみ』

もう一度逢いたい

逢ったとき、向田さんがわたしになんと言うかはわかっている。

「あなた、いつ駄目になるかとハラハラさせられ通しだったのに、長生きしたのね！」

彼女の十三回忌の年にまとめた本の扉に、向田さんが元気であり、わたしの体調を気づかってくれた日の彼女の言葉をのせた。それが、向田さんの十三回忌へのわたしなりの祈りであり、喪ったなつかしい友への「ありがとう」でもある。向田さんに、もう一度逢いたい。

『時のほとりで』

あとがき

文章を書くことをなりわいとしてきて、それが長年になったとき、ふりかえる気持ちは誰にもあるのかもしれない。

ずいぶん長く書いてきたと、ふと思う日があるようになった。三回の心臓開胸手術、ペースメーカーのうめこみもある。脳血栓も脳梗塞もやっていて、やまいもちの人生を長く生きてきた。

そんなわたしが、ふりかえってわが仕事を思うことがあるようになった。どんな仕事をしてきたのかと思い、なんとささやかなことしかできなかったのかと頭をかかえ落ちこみかけて、考えることはやめにした。わびしい人生と思わなかったわけではない。

そんな状態で暮しているとき、旧友の竹内修司氏から来信で、半藤一利氏の全作品をまとめた石田陽子さんを紹介された。

石田さんはわたしの仕事をまとめて一冊にしたいのだという。

石田さんのまとめた半藤さんの仕事（『歴史と戦争』）を読んでいたわたしの正直な感想は、

「半藤さんはみごとな仕事をされたな。歴史探偵などとみずからを軽くしながら、その一貫した仕事はすばらしい。わたしのやった仕事など、時とともに消えてゆく」

わたしは文字通り肩を落し、わが人生を思っていたから、竹内氏へは気ののらない返事になった。

しかし、そのあとの石田さんの来信によれば、昨年来わたしの書いた本を読んでおられ、あとすこしで全部を読みあげられるという。その上での提案だった。

手紙のやりとりがあり、お目にかかることになる。そこから、わたしには望外の展開になった。

石田さんは文藝春秋の新書編集部に話を通してくださって、石田さん、前島篤志編集長、水上奥人さんの三人で来宅されたのは、今年の二月五日である。

わたしはフリーで文章を書いてきて五十年近い。手をぬいたと思う本はない。自分が不器用で、しかし心にあることは表現せずにいられない人間と自覚している。九十年近くも生き、書いて、ぶれずにいるわたしはいるのか。

いわばわが人生のアンソロジーになる仕事を石田さんに托して、すべて結果待ちというのはわが心にやましくて、ゲラが組みあがってきたとき、ハードカバー本とのつきあわせをした。

若い日と言ってても四十代に入ってからだが、わたしはかなりきびしいことを書いている。「V 心の海にある記憶　静かに半生をふりかえる」を読むと、若いとは精一杯がんばりながらゆとりがなく迷わない日々であったと思われる。男と女のことも、いまなら、もうすこし曖昧に、そして逃げたと思う。

ここにあるのは、いわばわが人生をかけて書いてきた文章だが、「文学」とは言うまいという思いがある。わたしのどこかに、いつも作家の大岡昇平氏がおられた。氏の全集から一文をひいて、このあとがきを終える。石田陽子さんの情熱と労苦がむくわれますように。そして、文春新書編集部へのお礼を——。

〈文学上における死者の問題は、いかにそれらと共に生きるかにかかっている。死を関数として持ちながら、文学はあくまでも生を対象とし、未来に向って開かれていなければならないと思う。〉（大岡昇平「戦後文学の二十九年」）

澤地久枝略年譜

昭和5(1930)年9月	東京に生まれる。
昭和6(1931)年9月	**満洲事変が起こる。**
昭和10(1935)年5月	父の就職により満洲へ渡る。
昭和11(1936)年2月	**二・二六事件が起こる。**
昭和16(1941)年12月	**太平洋戦争が始まる。**
昭和17(1942)年6月	**ミッドウェー海戦。**
昭和18(1943)年4月	満洲の吉林高等女学校に入学する。
昭和20(1945)年8月	吉林で終戦を迎える。
昭和21(1946)年9月	日本へ帰国する。
昭和22(1947)年5月	**日本国憲法が施行される。**
昭和24(1949)年4月	東京都立向丘高等女学校を卒業。私立東京第一高校定時制へ編入。中央公論社へ入社する。
昭和25(1950)年4月	東京第一高校を卒業後、早稲田大学第二文学部国文科

	に入学する。
6月	**朝鮮戦争が始まる。**
昭和29（1954）年3月	早稲田大学を卒業。翌月、「婦人公論」編集部に配属される。
昭和38（1963）年2月	同編集部編集次長で退職。以後、十年に渡り作家・五味川純平氏の資料助手を務める。『戦争と人間』の脚注を担当する。
昭和47（1972）年春	**沖縄密約をめぐって西山事件が起こる。**
2月	初の著作『妻たちの二・二六事件』が刊行される。
昭和48（1973）年春	フリーのノンフィクション作家となる。
昭和49（1974）年7月	『密約　外務省機密漏洩事件』が刊行される。
昭和50（1975）年8月	『暗い暦　二・二六事件以後と武藤章』が刊行される。
昭和53（1978）年7月	『火はわが胸中にあり　忘れられた近衛兵士の叛乱・竹橋事件』が刊行される。同著作で、第5回日本ノンフィクション賞を受賞する。

昭和55（1980）年4月	『昭和史のおんな』で、文藝春秋読者賞を受賞する。
昭和56（1981）年5月	『石川節子　愛の永遠を信じたく候』を刊行する。
8月	**向田邦子さんが亡くなる。**告別式で弔辞を読む。
昭和57（1982）年6月	『もうひとつの満洲』を刊行する。
昭和59（1984）年9月	『滄海よ眠れ　ミッドウェー海戦の生と死』の刊行が始まる。
昭和61（1986）年6月	『記録ミッドウェー海戦』が刊行される。
12月	一連のミッドウェー海戦の著作により第34回菊池寛賞を受賞する。
昭和63（1988）年2月	『雪はよごれていた　昭和史の謎二・二六事件最後の秘録』を刊行する。
昭和64、平成元（1989）年1月	**昭和天皇崩御。平成が始まる。**
平成2（1990）年10月	『ベラウの生と死』を刊行する。

平成6（1994）年	この年、三度目の心臓手術をする。
平成9（1997）年7月	『ボルガ　いのちの旅』を刊行する。
9月	米スタンフォード大学歴史学部で一学期聴講をする。
平成10（1998）年1月	琉球大学大学院で聴講を始める。（翌年二月まで）
平成12（2000）年12月	『琉球布紀行』を刊行する。
平成15（2003）年3月	第19回早稲田大学芸術功労者として表彰される。
平成16（2004）年6月	呼びかけ人の一人となった「九条の会」がスタートする。
平成19（2007）年2月	『発信する声』を刊行する。
平成21（2009）年1月	一連の戦争関連の著作により朝日賞を受賞する。
平成22（2010）年4月	『きもの箪笥』を刊行する。
平成23（2011）年3月	**東日本大震災により、福島第一原発の事故が起こる。**
平成27（2015）年6月	『14歳〈フォーティーン〉　満州開拓村からの帰還』を刊行する。

澤地久枝・主要作品

タイトル／初出出版社／初出刊行年

タイトルには文庫化で加えられたサブタイトルも付記しています

※印は本書にて引用した作品

『妻たちの二・二六事件』中央公論社1972

『密約——外務省機密漏洩事件』中央公論社1974（現在は岩波現代文庫）※

『暗い暦——二・二六事件以後と武藤章』エルム1975※

『烙印の女たち』講談社1977

『あなたに似たひと——11人の女の履歴書』文藝春秋1977※

『火はわが胸中にあり——忘れられた近衛兵士の叛乱・竹橋事件』角川書店1978（現在は岩波現代文庫）

『愛が裁かれるとき』文藝春秋1979

『昭和史のおんな』文藝春秋1980

『ぬくもりのある旅』文藝春秋1980※

『石川節子——愛の永遠を信じたく候』講談社1981※

『おとなになる旅』ポプラ社1981

『忘れられたものの暦』新潮社1982※

澤地久枝・主要作品

『もうひとつの満洲』文藝春秋１９８２※
『昭和史のおんな・続』文藝春秋１９８３
『滄海よ眠れ――ミッドウェー海戦の生と死１～６』毎日新聞社１９８４～85※
『別れの余韻』文藝春秋１９８４※
『手のなかの暦』大和書房１９８４※
『心だより』講談社１９８５※
『記録ミッドウェー海戦』文藝春秋１９８６
『私の青春日めくり』講談社１９８６※
『ひたむきに生きる』（講談社現代新書）講談社１９８６※
『絲綢の道はるか』（安野光雅との共著）文藝春秋１９８７※
『雪はよごれていた――昭和史の謎二・二六事件最後の秘録』日本放送出版協会１９８８
『私のシベリア物語』新潮社１９８８※
『語りつぐべきこと　澤地久枝対話集』岩波書店１９８８※
『事実の検証とオーラル・ヒストリー――澤地久枝の仕事をめぐって』（歴史学研究会編）青木書店
『遊色――過ぎにし愛の終章』文藝春秋１９８９※
『一九四五年の少女――私の「昭和」』文藝春秋１９８９※
『ベラウの生と死』講談社１９９０※

『家族の横顔』講談社1991※
『苦い蜜――わたしの人生地図』文藝春秋1991
『「わたし」としての私』大和書房1991※
『試された女たち』講談社1992※
『家族の樹――ミッドウェー海戦終章』文藝春秋1992
『トルストイの涙』(北御門二郎との共著)エミール社1992※
『画家の妻たち』文藝春秋1993※
『男ありて――志村喬の世界』文藝春秋1994※
『時のほとりで』講談社1994※
『一人になった繭』文藝春秋1995※
『一千日の嵐』講談社1995※
『わたしが生きた「昭和」』岩波書店1995※
『心の海へ』講談社1996※
『昭和・遠い日　近いひと』文藝春秋1997※
『ボルガ　いのちの旅』日本放送出版協会1997※
『六十六の暦』講談社1998※
『私のかかげる小さな旗』講談社2000※
『琉球布紀行』新潮社2000※

澤地久枝・主要作品

『自決　こころの法廷』日本放送出版協会2001※
『わが人生の案内人』（文春新書）文藝春秋2002※
『愛しい旅がたみ』（写真・太田亨）日本放送出版協会2002※
『道づれは好奇心』講談社2002※
『完本　昭和史のおんな』文藝春秋2003※
『好太郎と節子――宿縁のふたり』日本放送出版協会2005※
『地図のない旅』主婦の友社2005※
『発信する声』かもがわ出版2007
『家計簿の中の昭和』文藝春秋2007
『世代を超えて語り継ぎたい戦争文学』（佐高信との共著）岩波書店2009※
『きもの箪笥』淡交社2010※
『人は愛するに足り、真心は信ずるに足る――アフガンとの約束』（中村哲著　聞き手・澤地久枝）岩波書店2010※
『日本海軍はなぜ過ったか――海軍反省会四〇〇時間の証言より』（半藤一利　戸高一成との共著）岩波書店2011
『14歳〈フォーティーン〉――満州開拓村からの帰還』（集英社新書）集英社2015
『われらが胸の底』（落合恵子との共著）かもがわ出版2016※
『海をわたる手紙――ノンフィクションの「身の内」』（ドウス昌代との共著）岩波書店2017※

●編集・解説
中野重治著『愛しき者へ』（上・下）中央公論社1983
一叩人編『鶴彬全集』増補改訂復刻版（限定五〇〇部）私家版1989
澤地久枝責任編集『女たちへ』（月刊「現代」四月増刊号）講談社1991

●岩波ブックレット（共著含む）
※印は本書にて引用した作品
『いのちの重さ——声なき民の昭和史』（No.126）1989※
『昭和を生きて』（No.184／本島等との共著）1991
『憲法九条、いまこそ旬』（No.639／井上ひさし　梅原猛　大江健三郎　奥平康弘　小田実
加藤周一　鶴見俊輔　三木睦子との共著）2004※
『憲法九条、未来をひらく』（No.664／井上ひさし　梅原猛　大江健三郎　奥平康弘　小田実
加藤周一　鶴見俊輔　三木睦子との共著）2005
『希望と勇気、この一つのもの——私のたどった戦後』（No.725）2008※
『憲法九条、あしたを変える——小田実の志を受けついで』（No.731／井上ひさし　梅原猛
大江健三郎　奥平康弘　加藤周一　鶴見俊輔　三木睦子　玄順恵との共著）2008※
『加藤周一のこころを継ぐために』（No.771／井上ひさし　梅原猛　大江健三郎　奥平康弘

鶴見俊輔　成田龍一　矢島翠との共著）２００９※
『井上ひさしの言葉を継ぐために』（№７９８／井上ひさし　井上ユリ　梅原猛　大江健三郎　奥平康弘　鶴見俊輔との共著）２０１０※
『原発への非服従――私たちが決意したこと』（№８２２／鶴見俊輔　奥平康弘　大江健三郎との共著）２０１１
『いま、憲法の魂を選びとる』（№８６７／大江健三郎　奥平康弘　三木睦子　小森陽一との共著）２０１３※
『憲法九条は私たちの安全保障です。』（№９１８／梅原猛　大江健三郎　奥平康弘　鶴見俊輔　池田香代子　金泳鎬　阪田雅裕との共著）２０１５

●そのほか本書にて引用した寄稿、対談、インタビュー
『講座おんな　６　そして、おんなは……』筑摩書房１９７３※
『向田邦子ふたたび』（月刊「文藝春秋」八月臨時増刊）文藝春秋１９８３
『死の変容　現代日本文化論６』岩波書店１９９７
『大岡昇平の仕事』中野孝次編　岩波書店１９９７
『上手な老い方――サライ・インタビュー集　金の巻』サライ編集部編　小学館２０００
『高木仁三郎著作集　第十一巻　子どもたちの未来』高木仁三郎著　七つ森書館２００２
『対談集――「気骨」について』城山三郎著　新潮社２００３

『それでも私は戦争に反対します。』日本ペンクラブ編　平凡社2004
『それぞれの韓国そして朝鮮――姜尚中対談集』姜尚中著　角川学芸出版2007
『向田邦子全集〈新版〉別巻一　向田邦子全対談』向田邦子著　文藝春秋2010
「むかしの子ども」『ベスト・エッセイ　2010』日本文藝家協会編　光村図書出版2010
「百日草の記憶」『ベスト・エッセイ　2011』日本文藝家協会編　光村図書出版2011
『佐高信の余白は語る――省略の文学と日本人』七つ森書館2011
『ほうしゃせん　きらきら　きらいだよ――「さようなら原発1000万人署名運動」より』鎌田慧との共編著　七つ森書館2012
『未来は過去のなかにある――歴史を見つめ、新時代をひらく』保阪正康　姜尚中との共著　講談社2013
『ニッポンが変わる、女が変える』上野千鶴子著　中央公論新社2013
『秘密保護法　何が問題か――検証と批判』海渡雄一　清水勉　田島泰彦編　岩波書店2014
『あのひと――傑作随想41編』新潮文庫編集部編　新潮社2015
『昭和史をどう生きたか――半藤一利対談』半藤一利著　文藝春秋2018

澤地久枝（さわち　ひさえ）

1930年生まれ。ノンフィクション作家。東京に生まれその後、家族と共に満洲に渡る。1949年中央公論社に入社。在社中に早稲田大学第二文学部を卒業。退社後、五味川純平氏の助手となり『戦争と人間』の脚注などを担当する。1972年『妻たちの二・二六事件』（中公文庫）で作家活動に入る。1986年、『記録ミッドウェー海戦』（小社刊）で不明だった日米の戦死者3419名を掘り起こした功績により菊池寛賞受賞。『密約』（岩波現代文庫）、『完本　昭和史のおんな』（小社刊）など著書多数。

文春新書

1231

昭和《しょうわ》とわたし
澤地久枝《さわちひさえ》のこころ旅《たび》

2019年9月20日　第1刷発行
2023年8月5日　第2刷発行

著　者　澤　地　久　枝
発行者　大　松　芳　男
発行所　株式会社　文　藝　春　秋

〒102-8008　東京都千代田区紀尾井町3-23
電話（03）3265-1211（代表）

印刷所　大日本印刷
製本所　加藤製本

定価はカバーに表示してあります。
万一、落丁・乱丁の場合は小社製作部宛お送り下さい。
送料小社負担でお取替え致します。

ISBN978-4-16-661231-4

◆日本の歴史

仏教の大東亜戦争　鵜飼秀徳
昭和天皇 最後の侍従日記　小林 忍＋共同通信取材班
令和を生きるための昭和史入門　保阪正康
内閣調査室秘録　岸 俊光編／志垣民郎
木戸幸一　川田 稔
「京都」の誕生　桃崎有一郎
皇国史観　片山杜秀
11人の考える日本人　片山杜秀
昭和史がわかるブックガイド　文春新書編
遊王 徳川家斉　岡崎守恭
大名左遷　岡崎守恭
東條英機　一ノ瀬俊也
信長 空白の百三十日　木下昌輝
感染症の日本史　磯田道史
徳川家康 弱者の戦略　磯田道史
平安朝の事件簿　繁田信一
小林秀雄の政治学　中野剛志
婆娑羅大名 佐々木道誉　寺田英視

経理から見た日本陸軍　本間正人
戦前昭和の猟奇事件　小池 新
インパールの戦い　笠井亮平
東京の謎《ミステリー》　門井慶喜
歴史・時代小説教室　安部龍太郎 門井慶喜 畠中 恵
お茶と権力　田中仙堂
明治日本はアメリカから何を学んだのか　小川原正道
歴史人口学で見た日本〈増補版〉　速水 融
小さな家の思想　長尾重武
日中百年戦争　城山英巳
極秘資料は語る 皇室財産　奥野修司
装飾古墳の謎　河野一隆

文春新書のロングセラー

磯田道史
徳川家康　弱者の戦略
人質、信長との同盟、信玄との対決……次々に襲う試練から家康は何を学んで天下を取ったのか――。第一人者が語り尽くす「学ぶ人家康」

1389

エマニュエル・トッド　大野 舞訳
第三次世界大戦はもう始まっている
ウクライナを武装化してロシアと戦う米国によって、この危機は「世界大戦化」している。各国の思惑と誤算から戦争の帰趨を考える
1367

樹木希林
一切なりゆき
樹木希林のことば
二〇一八年、惜しくも世を去った名女優が語り尽くした生と死、家族、女と男……。ユーモアと洞察に満ちた希林流生き方のエッセンス
1194

牧田善二
糖質中毒
痩せられない本当の理由
どうして人は太ってしまい、またなぜ痩せられないのか。それは脳が糖質に侵された中毒だから。そこから脱却する最終的方法を伝授！
1349

堤 未果
ルポ 食が壊れる
私たちは何を食べさせられるのか？
人工肉からワクチンレタスまで、フードテックの裏側で何が起こっているのか？「食と農」の危機を暴き、未来への道筋を示す本
1385

文藝春秋刊